漫溯在诗歌的河流

明戈利⊙著

国际文化出版公司

·北京·

图书在版编目（CIP）数据

漫溯在诗歌的河流／明戈利著．— 北京：国际文化出版公司，2023.6

ISBN 978-7-5125-1486-7

Ⅰ.①漫… Ⅱ.①明… Ⅲ.①诗歌研究—中国 Ⅳ.①I207.22

中国国家版本馆 CIP 数据核字（2023）第 002846 号

漫溯在诗歌的河流

作　　者　明戈利

责任编辑　张　茜

出版发行　国际文化出版公司

经　　销　国文润华文化传媒（北京）有限责任公司

印　　刷　北京建宏印刷有限公司

开　　本　145 毫米×210 毫米　32 开

　　　　　8.625 印张　　　　162 千字

版　　次　2023 年 6 月第 1 版

　　　　　2023 年 6 月第 1 次印刷

书　　号　ISBN 978-7-5125-1486-7

定　　价　79.80 元

国际文化出版公司

北京朝阳区东土城路乙 9 号　　　　邮编：100013

总编室：（010）64270995　　　　传真：（010）64270995

销售热线：（010）64271187

传真：（010）64271187-800

E-mail：icpc@95777.sina.net

序言 在诗歌沃土中深植学生乡愁

阳 云

在语文老师面前谈语文教学，是班门弄斧；评点明老师这样的名师文章著述，道出个主旨意义、段落大意，会不会答偏题，也说不准。

我见识过的语文老师多，有几把刷子的不在少数，除在课堂口吐金莲、释惑解疑外，还有能作诗、写小说和散文的作家。明老师也是语文老师，除教书育人外，还要出一本书。这不是一本关于课本内容的教学专著，而是专题论述如何在学生中培养对巴中本地古典诗歌的兴趣，令我对这位老师特别尊重。有想法的老师必定是好老师。

关于语文教学，教育界和社会人士已经有共识，语文不只是教听、读、说、写的能力，更是对学生进行情感教育、心灵教育以及人文熏陶。培育学生的感受能力，让学生拥有丰富的心灵，是更重要的目标。所以国家对语文课程标准给予了定义，明确工具性与人文性是语文课的主要特点。两者相比，我认为语文的人文性特点更重要。语文课程的核心素养是学生通过广泛的语文实践活动，积累和建构包括语言能力、思维品质、审美情趣和文化观念的综合素养。所以，语文教学担负的职责是对人的塑造，让学生具有崇高的使命感和责任担当。

通过语文教学实现对学生感美、识美、创美培养的美育目标，方法和路径很多，明老师为何把目光投向巴中本土古典诗歌，让学生领略巴中本土诗歌的文学魅力、时代风貌、情感内蕴，并在教与学中对本土诗歌的核心价值进行系统研究和深入探析呢？

明老师有自己的认知和见解，因为他在语文教学中发现了古典诗歌的艺术技巧以及诗人伟大的人格和细腻的感情等方面对学生具有重要影响，而本土诗歌除具有诗歌的共同作用外，更有其独特价值。明老师看到了巴中古典诗歌的独特地位和教化功能，品读巴中古典诗歌对弘扬本土优秀传统文化、树立本土文化自信、打造地域文化品牌、提升文化软实力具有极大的文化支撑和促进作用。

然而明老师在教学实践中发现，很多学校仅注重书本教材，对本土文化在学生中的介绍传播并没有强制的要求，随意而自由，与他所想所期盼的相差甚远。他从研究的科学性出发，基于巴中古典诗歌的现状进行分析，从对巴中古诗的整体了解、阅读作品的数量、名句名篇的背诵三个维度对学生进行问卷调查，得出的结论是：学生对巴中诗歌的关注度和知晓度不高，相当一部分学生从未走近、读过巴中古诗，大部分学生阅读兴趣不大，阅读作品数量不多，对巴中古诗历史发展脉络和文化思想成果等更是知之甚少，更谈不上从理解、弘扬、传播的层面，来纵深认识巴中古诗特有的思想价值和文化价值。究其原因，明老师分析认为：人们对于巴中古典诗歌的作用和价值还未充分认识，青少年和公众阅读兴趣不浓，佳句美篇背诵、传颂少，政府、学校宣传引导乏力，对巴中古诗深入挖掘、研究、成果应用转化基本未开展。

来自本土的诗歌，是作者对这方土地深刻认知、独特感受、深情表达而创作出的具有较高质量水准的作品，而且这些诗歌经过时间的选择，被历代文人认同而得以流传，有的更成了文学史上的经典作品。对本土诗歌的品读背诵，是对本土历史的了解，对本土人文风情的认知，对本土山水地理的亲近。

在学校教授巴中古典诗词歌赋，这超出了一般意义上的教学，特别是在高考指挥棒的强势作用下，明老师选择另类坚持和特立独行，徜徉在巴中古典诗歌的河流里，让巴中古典诗歌在学生中吟诵，深入分析巴中古典诗歌核心价值，让学生获得熏陶、滋养。学生吟诵巴中本土古典诗歌，在熟悉的土地上诗意地传诵，它超出了一般古典诗歌对人生的影响，背后的深意是培养学生美丽的乡愁。一首诗，可能就是一颗种子，厚植的是故乡深情，长出的是对家乡的眷念。什么是乡愁？说得"文化"一点，是血脉情感的联结，是对一方水土的怀念。记住一两首写巴中的诗歌，刻在脑海里，相当于记住巴中的炖鸡面、魏油茶、肖家巷的芝麻饼子、草坝街的酸辣粉。让每一个巴中人记忆更丰富，不仅是味觉，还是灵魂精神层面，是文化，或许这种人文情感更浓烈、更深沉。可以这样说，故乡情、家国情就来自本土的这一首首诗，这些诗是心境、情怀、情调、远方、回望，为精神家园渲染出亮丽的底色，这是人生出发的原点。

明老师以强烈的愿望、执着的实践，在学生和公众中宣讲巴中古典诗歌，看似不经意的举动，其实背后另有深意。他要让学生以这种方式记住故乡，让"巴中人"热爱巴中这方热土，让这种爱枝繁叶茂、延续久远、扩展到天涯海角。这也是明老师本人对故乡深沉的爱的一种转化、升华。

古往今来，有多少名家吟咏过巴中，有多少诗歌名篇流传开来？我一直有这个想法，打算对巴中古诗进行全方位的搜集整理，在文联工作的时候，自己着手在做这方面的事，也收录过数百首。后来诸事缠身，把辑录历代文人歌咏巴中的诗文一事搁置下来了。我想这项工作是巴中文化建设的基础工作，需要有人去做，更需要像明老师这样有炽烈故乡情怀的人来深入解读、广泛传播，让诗意山水更诗意，五彩巴中更出彩，让得到巴中古典诗歌滋养的人一起来助力美好巴中的建设。

（序作者阳云，20世纪60年代生于四川巴中，毕业于四川林业学校。中国作家协会会员，中国民间文艺家协会会员，巴中市第三届文联主席。曾任巴中广播电视台副台长，系四川省第一届文艺期刊联合会副主席，曾为四川省文联、作协全委会委员，四川省广播电视新闻与传播研究所特约研究员，四川省报纸副刊研究会副秘书长，担任过四川广播电视新闻、文艺、报纸副刊优秀作品奖评委。现供职巴中市政协。

他先后策划、创办、主编《巴中广播电视报》《巴中新报》《巴中文学》《绮罗文艺》《巴中视听》等报刊。出版散文、随笔集《人在小城》《巴中的前世今生》《假如狗开口说话》《笔走光雾山》《一只狗的现实处境》《巴中山水志》《巴中风尚志》和诗集《不安的视线》等作品。）

目　录

目
录

第一章　巴中古典诗歌及其核心价值

第一节　巴中古典诗歌及其核心价值研究背景

一、理论意义——优秀传统文化是社会主义核心价值观的重要思想源泉

习近平总书记2014年2月24日在主持第十八届中共中央政治局第十三次集体学习时强调："培育和弘扬社会主义核心价值观必须立足中华优秀传统文化。牢固的核心价值观，都有其固有的根本。抛弃传统、丢掉根本，就等于割断了自己的精神命脉。"2014年5月4日，在北京大学师生座谈会上，他又再一次强调中华优秀传统文化的重要作用："中华优秀传统文化已经成为中华民族的基因，植根在中国人内心，潜移默化影响着中国人的思想方式和行为方式。今天，我们提倡和弘扬社会主义核心价值观，必须从中汲取丰富营养，否则就不会有生命力和影响力。"毋庸置疑，巴中古典诗词作为中华优秀传统文化不可或缺的组成部分，对社会主义核心价值观的浸润和传承具有重要的作用。

二、实际价值——巴中古典诗歌历史久远，题材丰富，主旨深邃，具有较高的文化价值和思想价值

众所周知，巴蜀地区历史文化底蕴丰厚，具有悠久的诗歌文化传统，享有"自古诗人皆入蜀"的美誉，一大批诗歌名家巨匠都在巴蜀大地留下了不朽的诗篇。作为巴蜀文化重要组成部分的区域，作为巴文化的中心地带和米仓古道的必经枢纽，巴中历来诗人荟萃、文风兴盛，诞生了许多文辞精美、内蕴丰富、流转久远的诗歌名篇。巴中古典诗歌是姹紫嫣红的中国古典诗词园地中一枝绚丽绽放的花朵，是蕴含巴文化精神和内涵的一种独特文化符号，为巴中文化的繁荣和发展、传播和交流做出了积极贡献。

三、现实困惑——巴中古典诗歌生存现状不容乐观，古诗地位、作品阅读、文化成果传播和核心价值传承面临诸多困境

巴中古典诗歌的生存现状为：巴中古典诗歌的作用和价值还未被充分认识；政府、学校宣传引导乏力；青少年和公众阅读巴中古诗的兴趣不浓、主动传承诗歌核心价值的积极性不高；佳句美篇背诵、传诵太少，知名度不高、影响力太小；巴中古诗的思想内涵和核心价值未被深入挖掘；巴中古诗的文化成果和思想成果未进行创造性转化、创新性传播；巴中古诗的历史、文化、思想等各项研究成果未集中整合提炼，现有研究成果太少，纸质书籍和网络资源匮乏。

正是基于上述博大厚实的理论意义、无可辩驳的实践价值和客观存在的现实困境，巴中古典诗歌才进入了作者研究的视野，其核心价值才被确定为研究的内容。

第二节　巴中古典诗歌及其核心价值问卷调查

为真实了解巴中古典诗歌阅读和核心价值传承情况，顺利推动课题研究，课题负责人在巴中中学高三年级进行了问卷调查。本次问卷共抽取文理科不同层次的 4 个班级，每班 30 人左右，问卷具有一定的代表性。发放问卷 125 份，收回问卷 122 份，收回有效率高达 97.6%，符合问卷调查样本要求和精准原则。

一、问卷调查问题及数据统计

巴中古典诗歌及其核心价值调查问卷统计表

学校学生　巴中中学高三学生　　参与人数　125　　统计人　明戈利

发放问卷数　125　　收回问卷数　122　　收回率　97.6%

问卷题目	问卷选项	所占人数	统计比率（%）
1. 你对巴中古典诗歌了解多少？	A. 非常了解	7	5.7%
	B. 了解	8	6.6%
	C. 了解一些	78	63.9%
	D. 完全不了解	29	23.8%

漫溯在诗歌的河流
MANSU ZAI SHIGE DE HELIU

问卷题目	问卷选项	所占人数	统计比率（%）
2. 你读过多少巴中古典诗歌？	A. 从未读过	28	23%
	B. 1—5 首	78	63.9%
	C. 5—10 首	10	8.2%
	D. 10 首以上	6	4.9%
3. 你能背诵多少巴中古典诗歌名篇名句？	A. 不能背诵	60	49.2%
	B. 1—5 首（句）	56	45.9%
	C. 5—10 首（句）	4	3.3%
	D. 10 首（句）以上	2	1.6%
4. 你对巴中古典诗歌的态度是什么？	A. 非常喜欢	17	13.9%
	B. 喜欢	33	27.1%
	C. 比较喜欢	65	53.3%
	D. 不喜欢	7	5.7%
5. 你了解和阅读巴中古典诗歌的主要渠道有哪些？	A. 学校传习	73	57.9%
	B. 巴中诗歌纸质书籍	15	11.9%
	C. 手机等电子网络媒介	33	26.2%
	D. 收听、收看本地广播、电视	5	4%
6. 你知道巴中古典诗歌的主要题材和内容吗？	A. 完全知道	2	1.6%
	B. 知道大部分	5	4.1%
	C. 知道一些	74	60.7%
	D. 不知道	41	33.6%
7. 你能读懂巴中古典诗歌蕴含的思想内涵和核心价值吗？	A. 完全能读懂	3	2.5%
	B. 大部分能读懂	37	30.3%
	C. 少部分能读懂	70	57.4%
	D. 读不懂	12	9.8%

问卷题目	问卷选项	所占人数	统计比率（%）
8. 你认为让公众阅读巴中古典诗歌、传承其核心价值的主要力量来自哪里？	A. 政府宣传推动	2	1.6%
	B. 学校教育支持	11	9.0%
	C. 公众积极参与	5	4.1%
	D. 以上都是	104	85.2%
9. 你觉得目前公众品读巴中古典诗歌、传承诗歌核心价值面临的主要困境是什么？	未认识其价值；政府、教育部门重视不够；学校未大力传承，青少年热情不高；学校考试未涉及；缺乏宣传，公众关注度不高，知晓率太低；相关书籍太少，未推广普及；网络上巴中古诗信息匮乏；名句太少，知名度不高，影响力较小。		
10. 你认为可以通过哪些灵活多样的手段和方式来传承、践行诗歌中的核心价值？	政府宣传推动：广播、电视推介，发放诗歌普及性读物，社区宣传，公共场所宣传。强化学校传承：古典诗歌进校园，老师讲授，课外阅读，开设校本课程，教学考试，诗歌社团，各类板报。开展丰富活动：巴中古典诗歌研讨会；朗诵、吟唱、讲座、沙龙、诗歌大赛等。创新传播方式：线上线下结合；家庭传承；推选诗歌形象大使；与现代流行文化融合；联系景点，特色旅游，文旅融合；谱曲入乐，歌谣传唱；创意改编；运用声光电现代科技手段；利用微信、微博、抖音、知乎、哔哩哔哩、快手等多媒体传承；游戏制作。		

二、问卷数据分析及思考

在准确统计各项数据的基础上，分析数据背后隐含的信息，引发如下思考与感想。

1. 关注不高知晓少，"金句"名篇传诵难

对于"你对巴中古典诗歌了解多少"的问题，选择"非

常了解"和"了解"的学生共计 15 人，合占 12.3%；"完全不了解"共 29 人，占比 23.8%；这说明学生对巴中古诗历史发展脉络和文化思想成果等整体状况了解不多，有待进一步加强基础性、通识性普及。对于"你读过多少巴中古典诗歌"的问题，"从未读过"的学生竟有 28 人，占比 23%；读过"1—5 首"的占 63.9%；"5 首以上"仅有 10 人，占比 8.2%；这表明相当一部分学生从未关注、走近巴中古诗，大部分学生阅读兴趣不高，阅读作品数量太少。对于"你能背诵多少巴中古典诗歌名篇名句"的问题，"不能背诵"者高达 60 人，占比 49.2%；45.9% 的学生仅能背诵"1—5 首（句)"；此数据表明学生对巴中古诗蕴含的"金句"佳篇积淀太少，未从背诵、理解、内化的层面纵深认识巴中古诗特有的思想价值和文化价值。对巴中古诗的整体了解、阅读作品的数量、名句名篇的背诵三个维度的相关数据足以表明学生对巴中诗歌的关注和知晓程度很低。在校集中学习的高中学生尚且如此，小学、初中学生和其他公众对本土诗歌的关注、了解程度不言而喻，不容乐观。

2. 诗心不改兴趣浓，学校、电媒当发力

关于"你对巴中古典诗歌的态度是什么"这个问题，回答"非常喜欢""喜欢"和"比较喜欢"的学生共计 115 人，占比出乎意料地高达 94.3%，这一惊人数据表明学生从内心深处是热爱本土文化、喜欢巴中诗歌的，只是其潜在的"诗心"之门未被真正打开，昂扬的"诗兴"未被完全激发而已。

如何把学生热爱巴中古诗的情感态度自觉主动地转化为阅读诗歌、品鉴诗歌、传承践行诗歌核心价值的具体行动，则是我们应当共同思考和解决的公共课题。

关于"你了解和阅读巴中古典诗歌的主要渠道有哪些"的问题，认为来源于"学校传习"的为73人，占比57.9%；选择"手机等电子网络媒介"的33人，占比26.2%；认为来自"纸质书籍""电视、广播"等传统渠道的共计20人，占比15.9%。这些数据说明，在巴中古典诗歌的传习、传承中，学校教育居于不可动摇的核心主体地位，应当继续加强和深入改进学校传承古诗优秀传统文化的手段和方式，增强文化育人、立德树人的自觉性和实效性。此外，借助网络平台和大数据信息，以公众乐于接受的手机、微信、微博等新型媒介为载体，便于高效、快捷地品读诗歌、传承优秀文化的核心价值。

3. 诗歌品读浅尝止，核心价值未洞悉

关于"你知道巴中古典诗歌的主要题材和内容吗"的问题，回答"完全知道"和"知道大部分"的学生合计仅为7人，占比5.7%；选择"知道一些"和"不知道"的学生为115人，占比94.3%。这表明大部分学生未对巴中古诗做粗略的梳理，未对诗歌内容有整体的把握，散乱、碎片化的阅读阻碍了对诗歌核心价值的解读和提炼。关于"你能读懂巴中古典诗歌蕴含的思想内涵和核心价值吗"的问题，"完全能读懂"和"大部分能读懂"的学生合计40人，占比32.8%；而

"少部分能读懂"和"读不懂"共计82人，占比67.2%；这表明大部分学生不能对作品进行深入解读，不能挖掘和理解诗歌中蕴含的思想文化内涵和主流核心价值。这种浮光掠影的浅表阅读会影响、制约学生对巴中诗歌潜隐着的当代核心价值的认识、传承和践行。正是因为读不懂而不能更好地理解和传承诗歌思想内涵和核心价值，所以104名约占85.2%的学生异口同声地认为"让公众阅读巴中古典诗歌、传承其核心价值的主要力量来自""政府宣传推动""学校教育支持"和"公众积极参与"三个主要方面，这既是学生发自心底的文化渴求，也是对政府、学校、公众义不容辞的文化使命和责任担当的呼吁。

4. 读传困境互交织，传承方式需多元

关于"你觉得目前公众品读巴中古典诗歌、传承诗歌核心价值面临的主要困境是什么"的问题，学生们各抒己见、知无不言，都以文化主人翁的态度和精神热切地表达了对巴中古诗现状的反思和忧虑。归纳起来主要有以下意见和观点：未认识其价值；政府、教育部门重视不够；学校未大力传承，青少年热情不高；学校考试未涉及；缺乏宣传，公众关注度不高，知晓率太低；相关书籍太少，未推广普及；网络上巴中古诗信息匮乏；名句太少，知名度不高，影响力较小。

关于"你认为可以通过哪些灵活多样的手段和方式来传承、践行诗歌中的核心价值"的问题，参与问卷的学生建言献策、集思广益，提出了许多具有创见而切实可行的建议。

（1）政府宣传推动：广播、电视推介，发放诗歌普及性读物，社区宣传，公共场所宣传。

（2）强化学校传承：古典诗歌进校园，老师讲授，课外阅读，开设校本课程，教学考试，诗歌社团，各类板报。

（3）开展丰富活动：巴中古典诗歌研讨会；朗诵、吟唱、讲座、沙龙、诗歌大赛等。

（4）创新传播方式：线上线下结合；家庭传承；推选诗歌形象大使；与现代流行文化融合；联系景点，特色旅游，文旅融合；谱曲入乐，歌谣传唱；创意改编；运用声光电现代科技手段；利用微信、微博、抖音、知乎、哔哩哔哩、快手等多媒体传承；游戏制作。

三、改进建议及应对策略

1. 重视巴中诗歌，探其独特价值

政府、学校、公众应高度重视巴中诗歌的独特地位和教化功能，深入挖掘巴中古典诗歌的文化价值和思想价值；充分认识品读巴中诗歌对弘扬本土优秀传统文化、树立本土文化自信、打造地域文化品牌、提升文化软实力的文化支撑作用；充分认识传承核心价值对未成年人思想道德建设、对公民道德提升、对文明城市创建、对形成良好社会风气的精神浸润作用。

2. 政府积极推动，学校公众联动

政府应通过各种渠道和方式加强宣传推介，使公众了解、关注巴中古典诗歌；学校应采取阅读品鉴、选修课程、诗歌社团等方式大力弘扬"诗教"传统，培养学生对巴中古典诗歌的阅读兴趣，使学生亲近、品读巴中古典诗歌；广大市民和社会公众应主动参加各类诗歌文化活动，在活动中濡染优秀文化，在愉悦身心、全民参与中传承核心价值。

3. 举办诗歌活动，彰显文化效应

政府、学校、企业、单位、社区等可组织和开展丰富多彩、形式多样的巴中诗歌文化活动，如巴中诗歌节，巴中古典诗歌专场大会，巴中古典诗歌朗诵、吟唱、赏析、讲座、沙龙等，让学生、公众在喜闻乐见、互动体验的精彩活动中感受家乡诗歌文化的艺术魅力，潜移默化地领悟、浸润和传承诗歌核心价值。

4. 融入时代元素，创新传播策略

古诗由于时代久远、内容艰深，不易被学生和公众接受理解，因此在诗歌品读和核心价值传承中应注重将传统和现代相结合，历史和现实相结合，传播内容、传承方式应与时俱进、创新发展。如在传播理念上，可与现代流行文化融合、文旅融合；诗歌内容上，可创意改编、歌谣传唱；传播方式上，可采用相声、清音、快板、抖音、快手小视频等多元手段。只有打通时空阻隔，缩小心理距离，巴中古诗才能进入千家万户，核心价值才能入脑入心。

5. 启动诗歌工程，推广研究成果

巴中古诗研究是一场精神旅行、一件文化大事，也是一项系统工程、惠民工程，远非个人精力所济、力所能为。应组建研究团队，选拔研究人员，制定研究目标，细化研究路径，运用科学方法，调动官方和民间力量，聚焦巴中古诗兴趣培养、作品解读和核心价值传承目前面临的主要困境和现实瓶颈，深入挖掘其固有思想文化内涵和呼应时代需求的核心价值，回顾整理既有研究成果，提炼展示当代研究成果，把巴中古诗中易于传诵的隽永"金句"和精美佳篇发掘出来，让佳句美篇中的核心价值穿越时空、永驻心间，让巴中古诗研究的煌煌成果见诸书报，使巴中古诗研究的成果走进网络、走出巴山、走向世界，提升巴中诗歌在公众视界和中国诗歌中的知名度，提振巴中文化在巴蜀文化乃至中华文化中的影响力。此既为吾辈奋斗之方向和宏愿，亦为巴中文化之使命与担当。

11

第三节　巴中古典诗歌核心价值解读基本立场

巴中古典诗歌历史跨度久远，时代背景有别，作者身份复杂，创作原因各异，诗歌题材众多，思想情感杂陈，如何坚持正确的立场和科学的态度审视巴中悠久绵长的诗歌文化，解读作品瑕瑜互见的诗歌价值，首先应当解决的是评价观和方法论的问题。个人认为，要正确认识巴中古诗的社会文化功能，准确阐释巴中古诗的核心价值和思想，应当树立和坚守"四大"意识：历史意识、批判意识、当代意识、发展意识。

一、回归历史的认同意识

由于时代背景的制约、诗人经历的影响或思想观念的局限，诗歌情感难免复杂，诗人价值取向难免混杂，甚至从今天看来有些作品不免消极低沉，不符合当今时代之主流，但我们应当秉持历史唯物主义的基本观点，回到历史现场，回到诗人所处的特定时代环境去审视创作初衷，去品读诗歌的艺术价值和思想价值，切不可以今律古、求全责备。文学创作的特点和读者阅读经验告诉我们，任何伟大的作家都有矛盾复杂的心境和思想，任何伟大的作品都会存在瑕疵和缺憾。诗家的进步性和作品的艺术性、思想性只有放在当时所处的时代背景之下权衡，才能作出科学合理、客观公允的正确评价。只要作品顺应了历史发展潮流，符合当时社会主流价值取向，表达了人民群众意愿，其价值都是应当肯定和推崇的。如羊士谔《上元日紫极宫门观州民燃灯张乐》"山郭通衢隘，瑶坛紫府深。灯花助春意，舞绶织欢心。闲似淮阳卧，恭闻乐职吟。唯将圣明化，聊以达飞沉"一诗，从今天看来似为歌颂皇上治世之恩德、夸耀个人卓著之政绩的赞美诗、"广告诗"，但在忠君即爱国的伦理格局下，能把对君王的感恩戴德和对社会的美好祝愿联系在一起，已是一个有胸怀、有境界的官员家国情怀最好的表达方式了。在官民对立的政治体制下，能把自己的快乐和州民的快乐联系在一起，乐民之乐，忧民之忧，这种以民为本、与民同乐的为政之德和民本思想在封建集权时代确属难能可贵。

二、善于思辨的批判意识

古典诗歌是特定历史时期的文学形态，是古代不同社会形态的精神产品，再加之诗人性情、价值观各异，因此不同朝代的诗歌价值取向具有各自的特点，即使同一位诗人不同阶段的诗歌也呈现出不同的思想感情，这就要求我们在品读诗歌内涵、解读诗歌价值时，必须运用鲁迅先生的"拿来主义"眼光，"运用脑髓，放出眼光，自己来拿"！在实事求是、仔细审视的前提下大胆取舍、善于扬弃，在辩证吸纳、批判继承的基础上古为今用、去粗取精。"如果反对这宅子的旧主人，怕给他的东西染污了，徘徊不敢走进门，是孱头；勃然大怒，放一把火烧光，算是保存自己的清白，则是昏蛋。不过因为原是羡慕这宅子的旧主人的，而这回接受一切，欣欣然的蹩进卧室，大吸剩下的鸦片，那当然更是废物。""孱头""徘徊不敢走进门"的"害怕主义"，"昏蛋""放一把火烧光"的"虚无主义"，"废物""大吸剩下的鸦片"的"投降主义"，都是在面对包括诗歌在内的人类文化遗产和文明成果时应当坚决摒弃的态度和做法。如在解读以蜀汉名将严颜将军为题材的"名人祠墓"组诗时，我们既要敬仰礼赞其"心肝同火烈，忠义与天长""庙貌威然壮，乾坤正气留"的千秋凛然之气，也要大胆质疑"不明大义生何益，但效愚忠死岂难"的狭隘英雄主义，在审辨和批判中认识英雄的高大形象和忠义的真正内涵。

三、串联古今的融贯意识

众所周知，中华文化强调"民惟邦本""天人合一""和而不同"；强调"天行健，君子以自强不息""大道之行也，天下为公"；强调"天下兴亡，匹夫有责"，主张以德治国、以文化人；强调"君子喻于义""君子坦荡荡""君子义以为质"；强调"言必信，行必果""人而无信，不知其可也"；强调"德不孤，必有邻""仁者爱人""与人为善""己所不欲，

勿施于人""出入相友，守望相助""老吾老以及人之老，幼
吾幼以及人之幼""扶贫济困""不患寡而患不均"。中国传统
文化所强调的"讲仁爱、重民本、守诚信、崇正义、尚和合、
求大同"的价值理念是涵养社会主义核心价值观的重要源泉，
我国现阶段爱国、诚信、友善、自由、平等、文明、和谐等社
会主义核心价值观是中国传统价值观的创新性发展。因此，在
对富含传统文化基因的巴中诗歌作品解读时，既要回溯历史，
发掘其固有核心价值，又要立足当下，把握时代脉搏，在古今
对照中求取核心价值的最大公约数，把巴中古诗中最能反映恢
宏文化气象的经典诗篇筛选出来，把诗歌中最能展现巴人精神
风貌的核心价值提炼出来。任何无视历史文化进程、剪短生命
和精神脐带的做法都是历史的罪人和文化的杀手，任何厚古薄
今或厚今薄古的妄自尊大都是对巴中诗歌的傲慢与偏见。

四、勇于革新的发展意识

随着历史的演进和社会的发展，文化在不断地嬗变，观念
价值也在不断地更新。历史经验告诉我们，没有静止不动的文
化，也没有永恒不变的价值。中华优秀传统文化是在岁月的淘
洗中逐渐积淀成型的，人类深邃的思想价值是在社会实践中不
断形成产生的。在对巴中诗歌的解读、阐释中，既要立足特定
时代背景和作品本身作出恰切合宜的理解，也要本着发展的观
点，对诗歌原有内涵和价值予以补充和完善，使之既符合当下

核心价值的现实需要，也能在最大程度上发展和彰显古代诗歌的思想价值和文化价值。纵览巴中古诗，不难发现山水题材作品为数不少，诗人大多体现出寄情山水、回归自然的闲适洒脱之情。这种人与自然对话、万物与"我"同一的天人合一的哲学思想，其实正好契合当代所倡导的和谐理念。当然，其核心内涵和思想体系古今并非完全相同，或者说今天的和谐内涵更丰富了，思想更深邃了。它既指人与自然、社会和他人的外在和谐，也指向人自身内在的和谐；既指精神和物质的内外平衡，也兼顾经济增长和生态文明的协调发展。因此，在古诗核心价值的解读中，抛弃拘于历史、一成不变的静止观点，建构适合当代主流思想的核心价值，既是经典品读应当秉持的多元立场，也是对巴中古诗文化成果的又一次深度发掘。

第四节　巴中古典诗歌核心价值探析

据《巴州志校注》等历史文献和《全唐诗》等相关诗文资料统计，从唐宋至明清，姓名可稽考的100多位诗人在巴中这块厚重的土地上写下了270多首诗歌。纵观巴中古诗，呈现两大特点：诗人众多，身份复杂；题材广泛，内容丰富。从诗人构成来看，既有浪迹云游至此的李白、杜甫、王勃、韦应物、岑参、李商隐、陆游等一线专业诗人，也有羊士谔、严武、冯伯规等为官一任、造福一方的外地官员诗人，还有陈镛、冯玉藻、李瑞熙、傅元亮等土生土长、歌咏家乡的本土诗人；从诗作内容梳理，既有数量众多的思乡怀远赠寄诗，也有以东龛、南龛、西龛、北龛、王望山、巴州八景为题材的山水风景诗篇，还有一些少量的名人祠墓、寺庙、楼亭、馆塘、牌坊、关隘诗歌。这些诗作或歌咏真挚友情，或追慕先贤名人，或摹写奇山异水，不管出自何人，源于何方，都镌刻着巴中绵远悠长的历史文化，都映照出当代核心价值取向，为后人留下了宝贵的思想财富和精神资源。从核心价值观视域解读、挖掘、整理巴中古诗，其理论意义和实践价值主要体现在如下方面：深沉永恒的家国之思，诚挚不渝的友爱真情，亲近山水的融合理念，自由独立的人格坚守，追慕英雄的忠义精神。

一、深沉永恒的家国之思

1. 内涵阐释

对故土亲人的深沉眷念，对苍生社稷的深切忧虑，一首首，一句句，浸润在字里行间的是化不开的家国情怀；一篇篇，一章章，萦绕在眉间心上的是挥不去的家国心绪。时光悠悠，岁月流转，然而那深入骨髓的家国情怀却如一条绵绵不休的情感河流，始终流淌在每一个文人士子的笔底心头，奔涌在每一个巴山儿女的血脉之中。回望历史，品读诗歌，巴中古诗的家国之爱主要表现为对故土亲人的牵挂和思念，对民生社稷的感伤忧乐。

　　2. 代表作品及佳句

　　(1) 眷念故土亲人

郡楼怀长安亲友

唐·羊士谔

残暑三巴地，阴沉八月天。

气昏高阁雨，梦倦下帘眠。

愁鬓华簪小，归心社燕前。

相思杜陵野，沟水独潺湲。

佳句：**相思杜陵野，沟水独潺湲。**

郡楼晴望二首（选一）

唐·羊士谔

霁色^①朝云尽，亭皋露亦晞^②。

搴^③开临曲槛，萧瑟换轻衣。

地远秦人望，天晴社燕飞。

无功惭岁晚，唯念故山归。

佳句：**无功惭岁晚，唯念故山归。**

【注释】

①霁色：雨后晴明的天色。

②晞：干了。

③搴：同褰，拔取、拉开。

九月十日郡楼独酌

唐·羊士谔

掾史①当授衣，郡中稀物役。

嘉辰怅已失，残菊谁为惜。

棂轩②一尊③泛，天景洞虚碧。

暮节④独赏心，寒江鸣湍石。

归期北州里，旧友东山客。

飘荡云海深，相思桂花白。

佳句：**飘荡云海深，相思桂花白。**

【注释】

①掾史：州郡长官以下办理文书、刑名、钱粮等佐理人员，统称掾史。

②棂轩：有格子的窗户。

③尊：同樽。

④暮节：重阳节。

登 楼

唐·羊士谔

槐柳萧疏绕郡城，夜添山雨作江声。

秋风南陌无车马，独上高楼故国情。

佳句：**秋风南陌无车马，独上高楼故国情。**

初 起

唐·李商隐

想像咸池日欲光，五更钟后更回肠。

三年苦雾巴江水，不为离人照屋梁。

佳句：**三年苦雾巴江水，不为离人照屋梁。**

21

巴山道中除夜书怀

唐·崔涂

迢递①三巴路，羁危万里身。

乱山残雪夜，孤独异乡人。

渐与骨肉远，转与僮仆亲。

那堪正漂泊，明日岁华新。

佳句：乱山残雪夜，孤独异乡人。

【注释】

①迢递：路途遥远。

22

秋日犍为道中

唐·崔涂

久客厌歧路，出门吟且悲。

平生未到处，落日独行时。

芳草不长绿，故人无重期。

那堪更南渡，乡国已天涯。

佳句：**芳草不长绿，故人无重期。**

巴南旅泊

唐·罗邺

巴山惨别魂，巴水彻荆门。

此地若重到，居人谁复存。

落帆红叶渡，驻马白云村。

却羡南飞雁，年年到故园。

佳句：**却羡南飞雁，年年到故园。**

云间阁留题壁间

宋·张垓

清江一曲抱村流，古柏千茎绕径幽。

天畔峰峦俱秀峙，壁间珠玉烂凝眸。

遥观细菊重岩下，共作携壶九日游。

回首家山白云外，遽兴归思漫悠悠。

佳句：**回首家山白云外，遽兴归思漫悠悠。**

思乡曲

明·顾义

别弟离兄避国艰，孤忠落落隐茅山。

邻翁不解思乡恨，游子难偷异地闲。

雁序飘零生死处，鱼书寂寞有无间。

身怜去燕家何在，目送归鸿泪自潸。

葭露怀人魂梦冷，芦花愁我鬓毛斑。

遥瞻梓里双目血，无限云峰四面环。

怨逐秋风吹故国，心悬夜月照阳关。

佳句：邻翁不解思乡恨，游子难偷异地闲。

身怜去燕家何在，目送归鸿泪自潸。

巴州歌

清·汪琬

巴水遥连蜀道长，哀猿落木两茫茫。

剑门山势都如锷，莫怪行人易断肠。

佳句：**巴水遥连蜀道长，哀猿落木两茫茫。**

（2）忧思苍生社稷

巴 江

唐·郑谷

乱来奔走巴江滨，愁客多于江徼①人。

朝醉暮醉雪开霁，一枝两枝梅探春。

诏书罪己②方哀痛，乡县征兵尚苦辛。

冀秃又惊逢献岁，眼前浑不见交亲。

佳句：**诏书罪己方哀痛，乡县征兵尚苦辛。**

【注释】

①徼（jiào）：边界。

②诏书罪己：历史上封建王朝每遇危难之时，为收买民心，往往以皇帝名义，下诏自责，昭告内外。

次韵酬李通江

宋·冯伯规

和茕^①祷雨储精诚，便觉丰年遍远坰^②。

缫茧齐头丝卷白，插秧随手稻翻青。

行篘^③秫酒酬天禄，益长香芽发地灵^④。

守令爱民须表里，君其为纬我为经^⑤。

佳句：**守令爱民须表里，君其为纬我为经**。

【注释】

①和茕：茕，孤独、忧愁；和茕意为酬和急切盼雨之人李通江。

②坰：离城市很远的郊野。

③行篘（chōu）：行，使用；篘，一种竹制的滤酒器具；行篘即用竹制器具滤酒。

④益长香芽发地灵：益长，更加要长出；香芽，茶的嫩叶；发地灵，发挥土地的灵气。

⑤君其为纬我为经：为政爱民也要像织布一样，只有经纬相合才能织成布匹。

祷晴获应喜而赋诗

宋·冯伯规

才通香火上高穹，雨脚随收不见踪。

岂但五民①保狼戾②，也缘造物相龙钟。

连山柿栗难胜摘，入市禾麻乍出舂。

一饱可期秋酿熟，青山绿水即过从。

佳句：**一饱可期秋酿熟，青山绿水即过从。**

【注释】

①五民：指士、农、商、工、贾。亦泛指五方之民。

②狼戾：杂乱，散乱；这里指丰收。

散谷篇

清·余焕文

紫阳社仓法，贻为万世利。

夫我乃行之，始难觉终易。

壬戌之仲秋，肇倡积谷议。

贫吝富者悭，萩萩私相罟。

吾兄仁且断，劳怨雨不避。

寸壤积为山，细流成巨汇。

草创经营毕，凶荒适相继。

贫富窖无储，斗粟千钱二。

十户九绝炊，嗷嗷饥待饲。

乃呼罟者来，开仓而普施。

人持一囊归，欢如拜天赐。

缓急有无间，凡事须调剂。

世无调剂人，何徒恨天地？

我欲献此芹，敬告边疆吏。

武都寇未平，滇黔复多事。

水漕金沙江，陆转龙州卫。

千里无见粮，军民两困惫。

军士狠如狼，直以民肉馁。

曷亟修边储，先丰而图匮。

糗粮既可资，旱潦亦有备。

吾蜀自承平，斯言或过计。

佳句：寸壤积为山，细流成巨汇。十户九绝炊，嗷嗷饥待饲。

悯荒竹枝词七首

清·余焕文

贫农何故又遭荒？苦境偏教此辈尝。
受尽艰难成饿殍，欲将理数问穹苍。

赫赫天威历夏秋，禾生禾死劫三周。
农人同病同相惜，刈得偏苞当谷收。

初冬小雨润绵绵，都把旱粮种水田。
正似老翁才抱子，恐难待汝到明年。

儒者襟怀万物春，一分有济一分仁。
救灾扶困谁之责？自愧无颜对里邻。

平粜议成两局开，吾兄钜细费心裁。
一千余户贫民册，都是苍天检点来。

试借僧家米一囷，布施从此破愁城。
梵王欢喜沙门笑，都愿回头救众生。

小惠区区莫浪传，疮痍几处有生全。
抒诚欲奏通明殿，雷雨经纶下九天。

佳句：受尽艰难成饿殍，欲将理数问穹苍。儒者襟怀万物
春，一分有济一分仁。

志灾谣（节选）

清·李瑞熙

纪岁在乙丑，三月二十九。

天灾之异常，亘古所未有。

午前日气烈如蒸，午后雨怒扶风吼。

累累冰雹乱洒空，烨烨震电横穿牖。

空中擎盖著屐行，昆阳大战龙蛇走。

倾墙倒壁屋瓦飞，拔折大树如摧朽。

禾苗偃地天无功，书籍淋漓谁之咎？

牵萝补筑恨未消，突如惨祸又重遭。

排山涨河巴水阔，翻堤卷屋骇浪涛。

沉舟已破穷樵釜，强弩莫射海门潮。

四壁空空家尽洗，百室嗷嗷泪长抛。

蓬支淤窟悲妇守，尸掘沉沙抱儿号。

佳句：排山涨河巴水阔，翻堤卷屋骇浪涛。四壁空空家尽洗，百室嗷嗷泪长抛。

大巴山行

清·王径芳

三巴之地此其一，中有山兮夸翠绿。

行人乍到日落斜，东山不见西山日。

凿山跨木半山腰，下有汛流乱石漂。

猿狐睹此胆且落，何况牧童窥采樵。

采樵深山人烟少，手持斧柯频频渺。

其中亦有莽丈夫，拔剑向虎山中窅^①。

其如蜀虎畏强梁，远遁深岩声不扬。

伊人刚猛无委曲，怒气怵然目大张。

此山直接汉中道，此人独自英雄老。

【注释】

①窅（yǎo）：深远。

3. 佳作品读

巴南舟中夜市

唐·岑参

渡口欲黄昏，归人争渡喧。

近钟清野寺，远火点江村。

见雁思乡信，闻猿积泪痕。

孤舟万里外，秋月不堪论。

此诗作于唐代宗大历三年（768 年）七月岑参被免去嘉州刺史后的东归途中。岑参所作诗歌题材广泛，善于描绘塞上风光和战争景象，气势豪迈，情辞慷慨，但此诗一改边塞诗歌雄壮激昂之风格，呈现出宁静低沉之氛围。此诗即景抒怀，前四句写尽了渡口的黄昏景色，后四句着意写思乡之情。写景由天暮人归、争上渡船的喧闹画面转换到山野寺庙、渔火江村的静寂环境，在夕阳西下、归人纷纷返家之时，作者的思乡之情因大雁南飞而更加深切，思乡的眼泪因猿声阵阵而更加滂沱。只身一人，相隔万里，见到秋月，思乡的情怀就无法用语言去表达了。

《唐三体诗评》认为："清"字、"点"字衬出远近，自觉生动。《近体秋阳》评曰：结语截然，有气魄，有断制，一语使通篇焕发；"不堪论"奇绝。

4. 当代启示

柯灵在《乡土情结》中说："每个人的心里，都有一方魂牵梦萦的土地。得意时想到它，失意时想到它。"对遥远故土的依依不舍，对家乡亲人的深情眷念，始终充盈弥散在巴山蜀水之间。"相思杜陵野，沟水独溅溅"，这是改刺巴州的父母官羊士谔在秋雨绵绵、天气阴晦的寂寥心情中，登楼远望、思念长安亲友的情感波澜；"三年苦雾巴江水，不为离人照屋梁"，这是李义山远离故土、置身"巴山楚水凄凉地"的无尽感伤。巴山的水因无尽的思念而更加绵长，巴中的人因情深义重而难舍难分。

除了安土重迁的故园之情和离乡背井的亲人之思，巴中诗歌的家国情怀还体现在对民生疾苦的呐喊、为国慷慨赴死的壮举中。"千里无见粮，军民两困惫"，这是余焕文对同治二年（1863 年）巴州因发大水遭大旱而民生凋敝的真实记录。富贵平等，百姓饱暖，视死如归，救国救民，回荡着时代跫音、燃烧着历史烟云的诗篇给我们留下了朴素而宝贵的核心价值和精神财富。

"家是最小国，国是千万家"，家国情怀是人世间最深沉、最持久的情感，是一个人立德之源、立人之本。孙中山先生说，做人最大的事情，"就是要知道怎么样爱国"。回溯历史长河，家国观念根深蒂固，家国精神历久弥新。身处新时代，家国精神被赋予了新的内涵、新的使命。当前，巴中正意气风发地奔跑在秦巴山区振兴发展示范区的壮美大道上，正蓄势待发地积极融入成渝双城经济圈。欣遇千载难逢的发展良机，身居本地或客居外地的巴中人，或者身处巴中的外地人，如何怀抱桑梓之情、感恩之心，为巴中加快发展、全面小康建言献策，贡献智慧和力量，如何砥砺前行、奋发有为，实现祖国富强、民族复兴、人民幸福的中国梦，是我们每一个情系巴中的儿女应当深思和回答的问题。

二、诚挚不渝的友爱真情

1. 内涵阐释：跨越时空的真挚友情；挥之不去的浓烈爱情

送别怀人、男女情爱一直是古代诗词中永恒的题材和重要的篇章。在以友情、爱情为情感触点的诗篇中，我们既能感受到王维"劝君更尽一杯酒，西出阳关无故人"的真挚劝慰，也能体验到岑参"山回路转不见君，雪上空留马行处"的依依惜别；既能沉醉杜甫"肯与邻翁相对饮，隔篱呼取尽余杯"的邻里友善，也能深味柳永"执手相看泪眼，竟无语凝噎"的彼此依恋。这种挥之不去、绵延不息的深厚情感和心灵呼应是农业文明的历史印记，是一代代华夏儿女剪不断的"生命脐带"和永远的精神支柱。

2. 代表作品及佳句

（1）友情之真

九日奉寄严大夫

唐·杜甫

九日应愁思，经时冒险艰。

不眠持汉节，何路出巴山。

小驿香醪嫩①，重岩细菊斑。

遥知簇鞍马，回首白云间。

佳句：**不眠持汉节，何路出巴山。**

【注释】

①香醪嫩：醪，未去酒糟的浊酒。刚酿出的浊酒，味道香美。

奉寄别马巴州

唐·杜甫

勋业终归马伏波[1]，功曹非复汉萧何。

扁舟系缆沙边久，南国浮云[2]水上多。

独把鱼竿终远去，难随鸟翼一相过。

知君未爱春湖色，兴在骊驹白玉珂[3]。

佳句：扁舟系缆沙边久，南国浮云水上多。

【注释】

①伏波：东汉名将马援，封伏波将军。这里以伏波代指巴州刺史马某。

②浮云：马名，《西京杂记》载，汉文帝有良马九匹，一名浮云，此处代指很快的船。

③骊驹白玉珂：骊驹，青黑色的骏马；白玉珂，马络头上用玉做成的可以发出音响的饰物。大臣谒见皇帝，即乘骊驹马，饰白玉珂。

巴岭答杜二见忆

唐·严武

卧向巴山落月时，两乡千里梦相思。

可但步兵①偏爱酒，也知光禄最能诗。

江头赤叶枫愁客，篱外黄花菊对谁。

跂马望君非一度②，冷猿秋雁不胜悲。

佳句：**卧向巴山落月时，两乡千里梦相思。**

【注释】

①可但步兵：可但，岂但、不止之意；步兵，指西晋竹林七贤之一的阮籍，此处代指杜甫。

②跂马望君非一度：跂马望君，勒住马头跷起脚尖望你；非一度，不止一次。

江亭夜月送别二首

唐·王勃

（一）

江送巴南水，山横塞北云。

津亭秋夜月，谁见泣离群。

（二）

乱烟①笼碧砌②，飞月向南端。

寂寂离亭掩，江山此夜寒。

佳句：**津亭秋夜月，谁见泣离群。**

　　　　寂寂离亭掩，江山此夜寒。

【注释】

①乱烟：指飘散着的夜雾。

②碧砌：指碧绿的台阶。

送令狐岫宰恩阳

唐·韦应物

大雪天地闭，群山夜来晴。

居家犹苦寒，子有千里行。

行行安得辞？荷此蒲璧①荣。

贤豪争追攀，饮饯出西京。

樽酒岂不欢，暮春自有程。

离人起视日，仆御②促前征。

逶迟③岁已穷，当造④巴子城。

和风被草木，江水日夜清。

从来知善政，离别慰友生。

佳句：**从来知善政，离别慰友生。**

【注释】

①蒲璧：刻有蒲纹的璧。《周礼》载："以玉作六瑞，以
等（区分等级）邦国。子（爵）执谷璧，男（爵）执蒲璧。"

②仆御：指仆人和驾车的人。

③逶迟：连绵、长远貌。

④造：赴。

送乌程王明府贬巴江

唐·包何

一片孤帆无四邻，北风吹过五湖滨。

相看尽是江南客，独有君为岭外人。

佳句：相看尽是江南客，独有君为岭外人。

寄江陵韩少尹

唐·羊士谔

别来玄鬓共成霜，云起无心出帝乡。

蜀国鱼笺数行字，忆君秋梦过南塘。

佳句：蜀国鱼笺数行字，忆君秋梦过南塘。

郡斋感物寄长安亲友

唐·羊士谔

晴天春意并无穷，过腊江楼日日风。

琼树花香故人别，兰厄酒色去年同。

闲吟铃阁巴歌里，回首神皋瑞气中。

自愧朝衣犹在箧，归来应是白头翁。

佳句：琼树花香故人别，兰厄酒色去年同。

送客之蜀

唐·杨凌

西蜀三千里，巴南水一方。

晓云天际断，夜月峡中长①。

佳句：晓云天际断，夜月峡中长。

【注释】

①峡中长：月亮在峡谷中长时间走不出去，极言谷深。

送人入蜀

唐·李远

蜀客本多愁，君今是胜游。

碧藏云外树，红露驿边楼。

杜魄呼名语，巴江作字流。

不知烟雨夜，何处梦刀州①。

佳句：**碧藏云外树，红露驿边楼。**

【注释】

①刀州：指益州。

45

巴中逢故人

唐·项斯

劳思空积岁，偶会更无由。

以分难相舍，将行且暂留。

路岐何处极，江峡半猿愁。

到此分南北，离怀岂易收。

佳句：到此分南北，离怀岂易收。

送令狐明府

唐·皇甫冉

行当腊候晚，共惜岁阴残。

闻道巴山远，如何蜀路难。

荒林藏积雪，乱石起惊湍。

君有亲人术①，应令劳者安②。

佳句：**荒林藏积雪，乱石起惊湍**。

【注释】

①亲人术：亲，爱也；术，方法。亲人术即为爱民的方法。

②劳者安：劳动人民得以休养生息。

和郭使君韵

宋·赵公硕

郭侯凛凛气横秋，管领江山作胜游。

痛饮不知乌景①坠，清歌更觉鸟声幽。

诵君崖畔神仙句，淡我胸中浩荡愁。

万里相逢更相失，他年卜筑共归休。

佳句：**万里相逢更相失，他年卜筑共归休。**

【注释】

①乌景：即金乌，指太阳，这里是写夕阳西坠的景色。

送友人还巴州

清·李辉棣

（一）

相思垂五载，判袂又今朝。

别又情难尽，愁多意不聊。

敝裘新露肘，长剑旧横腰。

一盏离亭酒，赤颜对此宵。

佳句：**一盏离亭酒，赤颜对此宵**。

（二）

记下陈蕃榻，曾叨鲍叔知。

遇奇羞猬缩，道远废乌私。

义并妻孥托，心无久暂移。

客山千万里，何日是归期？

佳句：**客山千万里，何日是归期？**

（三）

冠盖金华地，频年力已殚。

饥躯催我老，客走叹君难。

守分休嗟晚，随缘且自宽。

临歧重叮嘱，朝夕亦加餐。

佳句：**临歧重叮嘱，朝夕亦加餐。**

送徐有章再之剑南

清·金玉麟

（一）

年少词场数作家，轮蹄垂老走天涯。

故乡负郭无生计，又看蛮椒二月花。

佳句：**故乡负郭无生计，又看蛮椒二月花。**

（二）

茶半酒消夜漏分，堂有春燕尽离群。

浮萍飞絮终无定，忍折垂柳又赠君。

佳句：**浮萍飞絮终无定，忍折垂柳又赠君。**

（三）

十载行踪感鹿鱼①，新从蝶梦感华胥②。

西窗独听巴山雨，愁问归期远寄书。

佳句：西窗独听巴山雨，愁问归期远寄书。

【注释】

①鹿鱼：传说中的鱼名。

②华胥：古代寓言中的理想王国，国中无贵贱贫富之分，人民和谐相处，过着淳朴无争的生活。

（2）爱情之浓

巴女词

唐·李白

巴水急如箭，巴船去若飞。

十月三千里，郎行几岁归。

佳句：十月三千里，郎行几岁归。

夜雨寄北

唐·李商隐

君问归期未有期，巴山夜雨涨秋池。

何当共剪西窗烛，却话巴山夜雨时。

佳句：**何当共剪西窗烛，却话巴山夜雨时**。

3. 佳作品读

送郗昂谪巴中

唐·李白

瑶草寒不死，移植沧江滨。

东风洒雨露，会入天地春。

予若洞庭叶，随波送逐臣。

思归未可得，书此谢①情人②。

【注释】

①谢：辞别。

②情人：好朋友。

53

此诗当是唐乾元二年（759 年）秋，作者寓居江夏，遇郗昂路过洞庭湖所作。首句作者借用江淹"瑶草正翕赩，玉树信葱青"句，以瑶草赞誉郗昂，如珍异的仙草傲霜独立、凌寒不死，即使移植到江河青苍的水边也依然生机盎然，只要东风吹来，蒙受恩泽，一定能够沐浴大地生机无限的和煦春光。本诗上四句对郗昂予以安慰和鼓励，祝福之情溢于言表。作者则自喻袅袅秋风中的洞庭水上之木叶，行踪难定，随友而动，自己已无家可归，只有题赠此诗向好友依依惜别。后四句抒写了作者"一片冰心在玉壶"的坦诚心境和自己孤苦无依的艰难处境，大有"同是天涯沦落人"的无限感慨。

整首诗歌以物喻人，意象清雅，委婉含蓄的别离之情寓于其中，结句直抒胸臆，言自己漂泊之痛。语言清丽、似淡实浓，情感洒脱、哀而不伤，表达了作者和好友之间彼此牵挂、难舍难分的真挚情谊。

4. 当代启示

故人交通不便、时空受限，因而重视离别、珍视情谊；古代物资贫乏、生存不易，但是生命饱满、精神昂扬。反观今日，朝发夕至，交通便捷，但我们回家的次数却越来越少，与亲人的心灵距离却越来越远；城市高楼林立、住房宽敞舒适，但我们与邻里的交往和关系却被一道道铁门紧紧锁住，虽"门当户对"，却形同陌路；生活不断改善，时代奔涌向前，但男女之间的感情却经受不住时间的考验，离婚率有增无减。在科技日新月异的今天，我们还能记得清亲人熟悉的面容，寻觅到归路、留得住乡愁吗？在城市化进程不断加快的今天，我们还能叫得出邻居的名字吗？在金钱至上、商业气息日益浓厚的今天，我们还能守望相助或想起远方的朋友吗？在物质生活极大丰富的今天，我们还能恪守古人"执子之手，与子偕老"的忠贞爱情吗？

在城市文明的真情不断被阉割和侵蚀的今天，我们每一个公民都应当重新唤醒农业文明朴实而淳厚的情愫，去掉自私、冷漠、麻木的铁甲，向远古的先祖、向温暖的诗词学习什么是爱，如何去爱，或许我们才能真正在情感上"脱贫"，在精神上"小康"。在巴中全市上下争创全国文明城市的当下，我们更应该从本土文化中采撷诗歌的人文种子、汲取友善的精神力量，在全社会大力倡导和践行"与人为善""出入相友""仁者爱人"等传统道德思想和核心价值观念，只有这样，我们的人心才会更加向善，社会才会更加美好。

三、亲近山水的融合理念

1. 内涵阐释：天地人、大宇宙的整体和谐；人与社会关系的生存和谐；人与人关系的交际和谐；人与自身内部世界的身心和谐

"登山则情满于山，观海则意溢于海。"古往今来，不少文人墨客或徜徉于山水之间，或寄情于清幽田园，在山水中精神漫步，在田园里安放自我。穿越巴山蜀水，跋涉悠悠古道，一幅幅秀美山水的美丽图景呈现眼前，一幕幕人与自然和谐共处的温馨场景永存心间。

55

2. 代表作品及佳句

东 龛

唐·羊士谔

为爱东龛欣步游，茂林修竹过云悠。

登高气压三千界，览胜尘空百二州。

落落^①浮生徒笑傲^②，区区多事此淹留。

月明龙液^③贪长饮，幽梦依依尚举瓯。

佳句：**为爱东龛欣步游，茂林修竹过云悠。**

【注释】

①落落：寡合，跟别人合不来。

②徒笑傲：枉自笑对世态。

③龙液：美酒。

王起居独游青龙寺玩红叶因寄

唐·羊士谔

十亩苍台绕画廊，几株红树过清霜。

高情还是看花去，闲对南山步夕阳。

佳句：**高情还是看花去，闲对南山步夕阳。**

南馆林塘

唐·羊士谔

郡阁山斜对，风烟隔短墙。

清池如写月^①，珍树尽凌霜。

行乐知无闷，加餐颇自强。

心期^②空岁晚，鱼意久相忘。

佳句：**清池如写月，珍树尽凌霜。**

【注释】

①写月："写"通"泻"，月光像从天上倾泻下来的一样。

②心期：心里所向往的。

57

林塘腊候

唐·羊士谔

南国冰霜晚，年华已暗归[①]。

闲招别馆客，远念故山薇。

野艇[②]虚还触，笼禽倦更飞。

忘言亦何事，酣赏步清辉。

佳句：**忘言亦何事，酣赏步清辉。**

【注释】

①暗归：一年的时光快过完了。

②野艇：野外的小船。

58

南池荷花

唐·羊士谔

蝉噪城沟水，芙蓉忽已繁。

红花迷越艳，芳意过湘沅。

湛露宜清暑，披香正满轩。

朝朝只自赏，秾李亦何言。

佳句：**红花迷越艳，芳意过湘沅。**

南池晨望

唐·羊士谔

起来林上月，潇洒故人情。

铃阁人何事，莲塘晓独行。

衣沾竹露爽，茶对石泉清。

鼓吹前贤薄，群蛙试一鸣。

佳句：**衣沾竹露爽，茶对石泉清。**

59

游西山兰若①

唐·羊士谔

路旁垂柳古今情，春草春泉咽②又生。

借问山僧好风景，看花携酒几人行。

佳句：**借问山僧好风景，看花携酒几人行。**

【注释】

①兰若：佛寺的别称。

②咽：枯萎，阻塞。

西郊兰若

唐·羊士谔

云天宜北户①，塔庙似西方。

林下僧无事，江清日复长。

石泉盈掬冷，山实满枝香。

寂寞传心印，元言②亦已忘。

佳句：**石泉盈掬冷，山实满枝香。**

【注释】

①北户：上古时的国名。

②元言：元即玄，此为避唐玄宗讳而改玄为元，元言即玄言。

巴江柳

唐·李商隐

巴江可惜柳，柳色绿侵江。

好向金銮殿，移阴入绮窗。

佳句：**巴江可惜柳，柳色绿侵江**。

巴　江

五代·王周

巴江巴水色，一带浓蓝碧。

仙女瑟瑟衣，风梭晚来织。

佳句：**巴江巴水色，一带浓蓝碧**。

游北龛

宋·冯伯规

遥指蒙茸云木堆，入门小刹傍岩偎。

放怀丘壑兴味尽，隔岸角声招我回。

佳句：**放怀丘壑兴味尽，隔岸角声招我回。**

净凉夜坐

宋·冯伯规

水光艳艳竹阴阴，荷气花香露泛襟。

更欲凭栏看斗转，一钩弦月过天心。

佳句：**水光艳艳竹阴阴，荷气花香露泛襟。**

游王望山（节选）

宋·杨虞仲

白云环其巅，流水绕其趾。

古木与云齐，偃蹇①龙蛇似。

飞仙渺何许？风驭叹莫企。

手种空流转，岁月尚谁记。

化鹤空归来，其树还可指。

仙人隔咫尺，世人谬千里。

佳句：**白云环其巅，流水绕其趾。**

【注释】

①偃蹇：高耸。

游西龛

宋·任约

门径森寒柏，小桥穿竹溪。

澄江朱槛北，晚照碧岩西。

修竹清泉透，高楠遝阁齐。

虚廊面青壁，危栈跨丹梯。

绝顶舒平席，遥峰出半圭。

轩窗俯星斗，襟袖拂云霓。

甘露春膏浃，浓岚尽霭迷。

岭猿悲夜啸，谷鸟响暗啼。

古寺南龛近，巴城东郭低。

杯流故池水，犹刻古人题。

酷暑不能到，清风如镇携^①。

何年挽缰锁，来此养真栖。

佳句：门径森寒柏，小桥穿竹溪。

【注释】

①镇携：镇，古称一个地方的主山为镇；携，提携，引申为依附。接连不断之意。

南泉寺

明·林俊

几坐僧堂启八窗，分明饭后晓钟撞。

清明拂地松千树，巧影穿帘燕几双。

百虑未空今梦觉，一尘不到此心降。

东林诗社东坡兴，忽涌狂澜雨后江。

佳句：**清明拂地松千树，巧影穿帘燕几双。**

北津晚渡

明·陈纶

苍苍古树夕阳红，隔岸长河路未通。

无限马嘶河岸上，几多人立柳林中。

橹声咿呀摇烟浪，帆影横斜动晚风。

来往纷纷犹未尽，樵楼嘹亮扣洪钟。

佳句：**橹声咿呀摇烟浪，帆影横斜动晚风。**

67

王蒙夕照①

明·陈纶

万仞高峰插碧空，夕阳反映满山红。

余光遥带蒸霞锦，残影斜连截雨虹。

独鹤归栖松林畔，群鸦投宿竹林中。

勿言景在桑榆上，明旦依然又出东。

佳句：**万仞高峰插碧空，夕阳反映满山红**。

【注释】

①王蒙夕照：明代巴州八景之一，写王望山的自然景色。

巴江渔火

明·陈镛

中巴江上月黄昏，渔火遥看起钓航。

风静波清红闪烁，烟消水面影荧煌。

往来声渚鸥难宿，照耀沙汀雁欲翔。

罢钓渔翁应自得，篷窗酌酒借余光。

佳句：**风静波清红闪烁，烟消水面影荧煌**。

巴灵台

清·谢承光

峥嵘峭壁接青天，乘兴登临意豁然。

字认丹崖思往哲，桥横碧落渡飞仙。

谈笑人生云霄外，香火僧眠日月边。

胜地空留深可惜，得名还自待名贤。

佳句：**峥嵘峭壁接青天，乘兴登临意豁然**。

69

凌云塔

清·白华封

客到凌霄气亦豪，诗题绝顶首频搔。

清光倒泻山光活，碧汉横盘石气劳。

妙在虚空能点缀，全无依傍见孤高。

天留大笔图巴字，巨力凭谁一手操。

佳句：**清光倒泻山光活，碧汉横盘石气劳。**

登奎星阁（节选）

清·冯蔚藻

郡城如九小，平地拥飞楼。

譬如人一身，手足拱其头。

青云梯百步，步步引帘钩。

瓦松铺四面，檐马悬四周。

最上奎光阁，俯见千里州。

南山入怀抱，字水学带流。

佳句：**南山入怀抱，字水学带流。**

红梅阁怀古

清·罗开益

高阁流丹日照东，琵琶韵远水声中。

读书公子风流古，不见梅花半点红。

佳句：**高阁流丹日照东，琵琶韵远水声中。**

登三峰山

清·朱敬义

红梅阁畔访仙踪，漫漫白云海里峰。

王鄂肖桃何处去，梅花依旧笑春风。

佳句：**红梅阁畔访仙踪，漫漫白云海里峰。**

诺水歌（节选）

清·李蕃

壁山之高高千尺，山下江水清且碧。

山高水清足鲤鱼，好买渔舟渡朝夕。

我爱江水宿江头，江声入枕正清悠。

江头得鱼城里卖，渔翁偏多欠酒债。

赊得香醪上轻舟，击榜摇桿至中流。

非吕非律①歌一曲，江声婉转凑②歌喉。

疑指此地是武陵，朝朝城上晒鱼罾。

十里长江咿喔起，江声橹声日暄腾。

烟雾连洲看不远，渔舟皆去不复返。

佳句：**我爱江水宿江头，江声入枕正清悠。**

【注释】

①非吕非律：吕律，古音乐曲谱；非吕非律，指不按曲谱来唱。

②凑：凑合。

73

3. 佳作品读

灵山题壁

唐·杜甫

灵山通天地，神奇夺山川。

举目红日近，俯首白云低。

人行古刹外，客在烟云间。

景色钟神秀，气象胜峨眉。

阴灵山位于巴中市西北 21 公里的灵山村，海拔约1 421米，面积约66.7平方公里。它既是红四方面军第四军军部旧址，又是川东北佛教、道教文化的传播地。它以绮丽的风光、峻峭的山势、精湛的石刻、悠久的文化、厚重的红军精神，而享誉川北，驰名中外，历来有"川北胜秀"之美誉。它就像一颗璀璨的明珠镶嵌在大巴山南麓。自隋唐以来，无数文人墨客云游至此，写下了大量"千姿百态称奇绝，神笔难汇美姿容"的优美诗篇，其中杜甫的《灵山题壁》即为赞美阴灵山"奇山异水，秀绝天下"的代表作品。

灵山之"灵"气、"仙"气直通天地，神奇俊秀之美景超越众多名山大川。首句着一"通"字，勾描了佛教和道教文化等人文气象的繁衍兴盛，绵延不绝，"夺"则从自然景观角度写出了灵山奇绝，无与伦比。远望红日喷薄而出，光芒四射，近观云蒸霞蔚，虚无缥缈。俯仰之间，远近变换，好一派壮丽恢宏、日出东山的奇异景象，好一幅云雾缭绕、变幻莫测的美妙画卷。游人穿行在曲径通幽的古刹之外，来客仿佛置身于"飘飘乎如遗世独立，羽化而登仙"的人间胜境。在描写完"红日""白云""古刹""烟云"自然和人文景观后，作者豪情萦怀，顺势收笔，以"景色钟神秀，气象胜峨眉"作为全诗的赞叹之言和总评之语。

全诗以"神奇夺山川"蓄势，以"气象胜峨眉"收束，首尾圆和，逻辑严密；意象清新淡雅，语言清丽质朴；人融于景，人景合一；对自然山水的热爱之情充溢其间，人与秀美山水的亲近和谐尽显诗中。

4. 当代启示

古人何以能停下匆忙的脚步，去细观天上的云卷云舒，去聆听田园的阵阵蛙鸣？因为他们少了对物质的过分追求，少了被名利无休无止的牵绊，他们能静心倾听来自心底真切的呼唤，能挣脱有形和无形的枷锁，活出真实的自我，找寻想要的生活。在生活节奏逐步加快的今天，在社会压力不断增大的当下，现代人如何消散沉重的焦虑、解除精神的重负，除了自我调适、自我修正之外，或许我们可以"仰观宇宙之大，俯察

75

品类之盛"，在"一觞一咏，亦足以畅叙幽情"中停歇疲惫的步伐、抚慰躁动的灵魂。

自然山水、宇宙万物不仅能为人的内在和外在的平衡提供有力的支点，使万千众生缓释焦虑，调节自我，从而快乐生活、幸福生活，而且对经济社会的发展也产生极为重要的影响和制约作用。长久以来，我们因忽视自然环境在经济社会发展中的独特作用和价值，以掠夺自然资源和破坏环境为代价换取经济的发展，饮鸩止渴、杀鸡取卵的做法已让我们吞咽了不少苦果。恩格斯警告我们："我们不要过分陶醉于我们对自然界的胜利，对于每一次这样的胜利，自然界都在对我们进行报复。"在将生态文明建设纳入"五位一体"总体布局的今天，树立"尊重自然、顺应自然、保护自然的生态文明理念，增强绿水青山就是金山银山的意识"，"把生态文明建设放在突出地位，融入中国经济社会发展各方面和全过程，努力建设人与自然和谐共生的现代化"，是我们每一个公民和为政者应当矢志不渝坚守的初心和应该达成的共识。

"生态兴则文明兴，生态衰则文明衰。"在巴中创建国家森林城市和森林康养基地的征程中，在重新定位和大力推介"山水画廊，秀美巴中"的文旅融合中，如何整理、挖掘巴中山水题材的经典诗篇，重新认识诗歌中山水草木自然资源潜在的旅游价值和人文内涵，如何学习借鉴巴中古诗中亲近自然、欣赏自然、人与自然和谐共生的核心价值理念，再现1200年前唐代巴州父母官羊士谔所描绘的"高情还似看花去，闲对南山步夕阳"的温馨画卷，是每一个热爱故土山水、渴望家乡振兴的巴中儿女的美好期待。

四、自由独立的人格坚守

1. 内涵阐释：自由性灵和意志的舒展，独立人格和精神的捍卫

自古以来，表现山水草木、世间万物的自由生命状态，刻画洒脱不羁、傲岸不群的飘然形象就成为不少文人抒情言志的创作目的。"黄四娘家花满蹊，千朵万朵压枝低"，那是杜甫对姹紫嫣红的自由生命姿态的惊喜和赞美；"安能摧眉折腰事权贵，使我不得开心颜"，这是李白对独立人格的呐喊和追寻。回眸巴中诗歌，走进文字深处，我们也能感受到诗人自由的呼吸，遇见一个个伟岸挺拔的形象。"借问山僧好风景，看花携酒几人行"，父母官羊士谔在春光明媚中自由潇洒地赏游；"凌霜不肯让松柏，作宇由来称栋梁"，监察御史史俊在南龛光福寺对楠木岁寒而后凋的孤高精神表达了由衷的钦佩。自由奔放之精神如悠悠巴河流淌千年，润泽万物，教化着一代又一代巴人心灵丰盈；正直傲岸之人格似巍巍南龛屹立不倒，俯视人间，激励着一个又一个巴山儿女走向世界。

77

2. 代表作品及佳句

题南龛光福寺楠木诗[①]

唐·严武

楚江长流对楚寺[②]，楠木幽生赤崖背[③]。

临溪插石盘老根，苔色青苍山雨痕。

高枝闹叶鸟不度，半掩白云朝复暮。

香殿萧条转密阴，花龛滴沥垂青露。

闻道偏多越水头[④]，烟生雾敛使人愁。

月明忽忆湘川夜，猿叫还思鄂渚秋。

看君幽霭几千丈，寂寞穷山今遇赏。

亦知钟梵报黄昏，犹卧禅床恋奇响。

佳句： *高枝闹叶鸟不度，半掩白云朝复暮。*

看君幽霭几千丈，寂寞穷山今遇赏。

【注释】

①题南龛光福寺楠木诗：严武为巴州刺史时，南龛有楠木寺，因有古楠木一株而得名。其寺经严武整修后，奏请肃宗赐名光福寺。作者以楠木生不遇地来比喻自己生不逢时。

②楚江、楚寺：此指巴河和楠木寺。

③赤崖背：今南龛"天开金榜"处，古称赤崖。

④越水头：泛指楠木很多的江淮一带。

题巴州光福寺楠木

唐·史俊

近郭城南山寺深，亭亭奇树出禅林。

结根幽壑不知岁，耸于摩天凡几寻。

翠色晚将岚气①和，月光时有夜猿吟。

经行②绿叶望成盖，宴坐黄花长满襟。

此木常闻生豫章，今朝独秀在巴乡。

凌霜不肯让松柏，作宇由来称栋梁。

会待良工时一眄，应归法水作慈航③。

佳句：**凌霜不肯让松柏，作宇由来称栋梁。**

【注释】

①岚气：山间雾气。

②经行："行经"的倒装，走过这里。

③会待：有朝一日。良工时一眄：被识材的人一眼看见。
法水：佛家语，谓佛法能除烦恼尘垢，如水洗涤污秽一样。慈
航：佛家语，佛菩萨以大慈悲救度众生，脱离苦海，故曰慈
航。句意是古楠会被做成船舟，在法水中普度众生。

泛舟入后溪二首

唐·羊士谔

（一）

东风朝日破轻岚，仙棹初移酒未酣。

玉笛闲吹《折杨柳》，春风无事傍鱼潭。

佳句：**玉笛闲吹《折杨柳》，春风无事傍鱼潭。**

（二）

雨余芳草净沙尘，水绿滩平一带春。

唯有啼鹃似留客，桃花深处更无人。

佳句：**唯有啼鹃似留客，桃花深处更无人。**

次韵忠甫初见菊开

宋·冯伯规

积雨晓放霁，红日照我帷。

起来步幽蹊，金蕊灿朱霏。

芳姿自妩媚，微香袭人衣。

令节无多日，宜更培拥之。

三径岂不富，最喜先开枝。

此意谁领解？唯有渊明知。

子诗正方润，白露与俱滋。

未闻泛杯酌，且要涤甘肥。

落英行可餐，乐哉遂忘饥。

佳句：芳姿自妩媚，微香袭人衣。

此意谁领解？唯有渊明知。

南龛金榜山会乐亭

明·许盛

升沉皆有命，旷达见高情。

且恋山间乐，浑忘世上情。

晚窗诗远景，画堂梦魂清。

老我不知止，驰驱万里行。

佳句：**且恋山间乐，浑忘世上情。**

游南龛

清·陆玑

壮游万里学长征，载酒探奇到此行。

醉卧落花云可掬，幽寻芳草雨初晴。

每邀野老谈风土，久爱名山契性情。

过客欲知谁氏子，忠州先著旧家声。

佳句：**醉卧落花云可掬，幽寻芳草雨初晴。**

83

秋夜宴南龛寺感怀二首

清·魏冠军

萧萧落叶化成①边，佛像巍峨万古传。

我至恰逢山骨瘦，秋深亦喜水痕娟。

英雄事业嗟无定，牧子生涯另有天。

醉酒高歌欢何极，斜晖直送打鱼船。

佳句：**醉酒高歌欢何极，斜晖直送打鱼船。**

【注释】

①化成：即南龛。

咏杨柳

清·冯蔚藻

杨柳东风树，青高各自春。

迩来腰悔折，虽舞不因人。

佳句：**迩来腰悔折，虽舞不因人。**

幽兰诗

清·冯蔚藻

未作美人佩，清溪花满枝。

清香只自爱，寂寞竟谁知？

深谷予生僻，孤高同类嗤。

苟争桃李艳，见赏讵^①无时。

佳句：**清香只自爱，寂寞竟谁知？**

【注释】

①讵：岂，难道，表示反问。

过奇章僧刹

宋·陆游

转尽穷山入翠微，松阴拂拂冷侵衣。

长天秋水自一色，断岫孤云空四飞。

客路何年闲马足^①，蟠溪平昔负渔矶^②。

僧窗不得吟清昼^③，又拥蓝舆到夕辉^④。

【注释】

①客路何年闲马足：何年才能不为抗金之事而四处奔走。

②蟠溪平昔负渔矶：蟠溪，盘曲的溪水；渔矶，垂钓处的大石。句意为平生辜负了盘曲小溪垂钓的悠闲生活。

③僧窗不得吟清昼：天气清明的好时光，也没有工夫坐在僧人净窗之下吟诗。

④又拥蓝舆到夕辉：只有坐上竹轿，行走在斜阳之中。

此诗是陆游任四川宣抚司干办公事时，为收复长安而奔走联络，途径巴州奇章时所作。全诗主要写僧刹周围景物，写坚持抗金的傲岸人格，写为国事奔走的来去匆匆。

走过奇章山岭的尽处就可看见建于山间的翠微宫，凉风习习吹动阵阵松涛，不觉寒气袭人。水天一色，天水相映，不相连续的孤云没有依傍地四处流动。此联上句表面写眼前所见壮阔之景象，下句抒"断岫孤云"之伤感情怀，实则为作者所处时代在心中的投影及对个人身世命运的悲叹。乾道八年（1172 年），陆游 48 岁，王炎任四川宣抚使，准备收复长安，作为左承议郎的陆游积极筹划，奔走呼号。在金戈铁马、风起云涌的宋金对峙时期，力主抗金的陆游在仕途上不断受到当权的和议派的排斥和打击，其处境犹如被阻隔孤立的"断岫孤云"，抗金主张得不到采纳，复国大计遥遥无期，但身似浮云的陆游依然不屈不挠地坚守着独立的人格和复国的梦想，哪怕是独自呐喊，空手而归，也在所不惜。何年才能不为抗金之事而四处奔走呢？我平生辜负了盘曲小溪垂钓的悠闲生活啊。即使是天气清明的好时光，也没有工夫坐在僧人净窗之下吟诗作赋，只有坐上竹轿，行走在脉脉的余晖之中。

全诗由景入情，寓情于景，动静结合，情感深婉。诵之，一个伟岸挺拔、感时伤世的行吟文人飘然而来；思之，一个慷慨激昂、报国无门的失意英雄伫立天地。

4. 当代启示

从哲学层面讲，自由是指人的意志自由、存在和发展的自由，是人类社会的美好向往，也是马克思主义追求的社会价值目标。独立是不依赖于任何外在力量和权威的自主精神和判断能力，它具有自主性、创造性。自由的思想和独立的精神相伴而生，融合存在。没有自由的思想作为前提，独立、理性的精神和人格便如无源之水、无本之木；缺乏独立的精神和行动，思想的自由便失去了有力的保障和凭借。著名学者陈寅恪先生曾痛心疾首地指出，千百年来国人缺乏"自由之思想，独立之精神"，可谓一针见血、一语中的。

毋庸置疑，没有生命的自由，社会将丧失生机、万古如夜；没有思想的自由，人人将众口一词、万马齐喑。缺少精神的独立，人们将与兽无异、人将不人；民族不能独立，异族凌而欺之，国将不国。

回溯审视中国近现代历史，一部荡气回肠、风云变化的历史，其实就是一部为个人自由和民族独立奔走呼号、英勇奋斗的历史。在这幅波澜壮阔的历史画卷中，我们不难发现巴中人负重前行的身影。民主革命家董修武，远涉重洋、殚精竭虑，为自由民主之花开遍神州而舍生取义、杀身成仁；无产阶级革命家刘伯坚，戴镣高歌，志气轩昂，为工农解放、民族独立不屈不挠、慷慨就义。先辈自由独立的精神和意志已深深沾溉着无数巴山儿女的心灵，他们追求自由、捍卫独立的矢志不渝的信念激励着一代又一代巴中人砥砺前行。在弘扬和传承巴人文化、红色文化、晏阳初平民教育思想，大力实施文化强市的今天，我们既要学习借鉴发达城市和地区的文化理念，更要基于本土历史文化的特色和优势，挖掘民间优秀传统文化、革命红色文化、悠久古镇文化，打造和擦亮能体现巴中鲜明地域特色的文化名片，走出一条文化振兴的自由之路。在加快融入成渝地区双城经济圈、创建秦巴山区发展振兴示范区的时代背景下，我们既要考察学习发达地区的经济发展模式和路径，更要立足巴中工业基础薄弱的先天不足和自然资源丰富的明显优势，做大做好服务业、旅游业、康养产业等几篇大文章，开创一条经济社会协同发展的个性化独特之路。

五、追慕英雄的忠义精神

1. 内涵阐释：弘扬奉献精神，担当时代重任

凛然英雄气，激荡天地间。英雄的骨子里流淌着家国情怀的血液，英雄的精神中燃烧着忠孝节义的火焰。不同时代的英雄之所以能穿越时空的阻隔而被人们永远铭记和崇仰，是因为他们的精神血脉和文化基因中融贯着儒家的伦理纲常和普适的价值体系，那就是家国至上、忠孝一体。

中华民族是一个崇尚英雄、造就英雄的民族，中华诗歌是一部英雄辈出、可歌可泣的史诗。"但使龙城飞将在，不教胡马度阴山"，是王昌龄对战功赫赫英雄的赞歌和信赖；"生当作人杰，死亦为鬼雄"，是李易安对悲剧英雄的叹惋和追慕。巴中诗歌中对"断头将军"严颜的怀念，对岳飞祠庙的拜谒，对辛亥志士的追忆，都足以表明巴中历史文化中英雄情结的悠久深厚。

89

2. 代表作品及佳句

谒严公祠

宋·佚名

古冢依城郭，隆冬草且芳。

心肝同火烈，忠义与天长。

耿耿山河壮，英英日月光。

万年尚未泯，犹自姓名香。

佳句：**心肝同火烈，忠义与天长。**

题严公祠墓

明·杨瞻

巴州城里封高冢，忠烈千载驰英明。

铁血肝肠甘就死，至今遗像凛如生。

佳句：**铁血肝肠甘就死，至今遗像凛如生。**

题严公墓祠

明·佚名

将军遗烈千年在，墓木森森晚照红。
方丈古祠无半亩，忠魂义气塞寰中。

佳句：**将军遗烈千年在，墓木森森晚照红。**

谒严公祠

清·韦纶

桓侯血性识将军，智勇相孚迥不群。
只为平生重知己，果然意气并干云。
威名四播巴山壮，庙祀千秋宕水芬。
想得当年施远略，史书深憾有遗文。

佳句：**威名四播巴山壮，庙祀千秋宕水芬。**

谒严将军祠

清·冯蔚藻

庙貌威然壮，乾坤正气留。

头颅甘一割，血食总千秋。

蜀北关长在，巴西水急流。

君看行不义，降表送谯周。

佳句：**庙貌威然壮，乾坤正气留。**

谒岳武穆祠

清·冯蔚藻

拔地惊天一伟人，纲常名教系其身。

汤阴犹是宋时土，一抔从不委胡尘。

不为君悲三字狱，但为君惜十年功。

君生大志在平胡，时事奈与忠义殊。

劲骨百折从无悔，南向草木今不枯。

潜心默祷亦何求，英雄相见泪难收。

高宗不是汉光武，此恨茫茫极千古。

佳句：**劲骨百折从无悔，南向草木今不枯。**

游南龛访章怀太子墓及明卢节烈^①公墓

清·张正碧

巴蜀名区自古传，踏青结伴访前贤。

嗣王瓜摘香余蒂，刺史琴张月抱弦。

拾翠应多花下客，飞觞窃慕酒中仙。

永怀忠孝同天地，破冢于兹奉豆笾。

佳句：永怀忠孝同天地，破冢于兹奉豆笾。

【注释】

①明卢节烈：指明末巴州知州卢尔惇，明怀忠时进士，崇祯末知巴州。张献忠犯境，卢尔惇练乡兵拒之，后城陷被害。清乾隆初嘉尔惇为"节烈"，葬生前衣冠于章怀太子墓侧，道光九年（1829）入祀巴州忠义祠。

94

3. 佳作品读

题严将军祠

宋·韩驹

先生大节重如山，云让孤高雪让寒。

一曲巴江城下水，年年留照旧衣冠。

严将军祠，又称忠义祠，为祭祀三国蜀汉名将严颜所立，是巴州名胜古迹之一。祠前有双斗石华表、戏楼，正殿有六根大石柱，圆形，直径约一市尺，上书楹联，石门楣上书"护汉室"三个大字，系明代进士洪武年间巴州知州王福所书。

此诗大约是作者任提举江州太平观职务时，因事至巴州所写。全诗夸赞严颜气节，提倡士大夫以严颜为榜样。"先生大节"，指严颜自语"我州只有断头将军，无降将军也"的威武不屈、视死不降的气节。这种矢志不渝的坚守、一臣不事二主的忠义精神如泰山一般沉稳、挺拔。他的气节比云天还高，比霜雪还要严肃。严将军巍巍精神像巴河的流水一样，奔腾向前，永不停息，润泽后世。"衣冠"本指士大夫的穿戴，此处引申为做官的人，结句意为严将军的忠义品质和守节人格一年又一年地烛照千秋，光耀万代，给做官的人留下了一面可资借鉴的镜子。

此诗语言朴实明快，情感深沉豪壮。选用"山""云""雪""水"孤高傲岸的意象，运用比拟、衬托的艺术手法，直抒胸臆地表达了诗人对严将军"威武不能屈，富贵不能淫"大丈夫人格的钦佩和赞美之情。

4. 当代启示

鲁迅先生说，"我们从古以来，就有埋头苦干的人，有拼命硬干的人，有为民请命的人，有舍身求法的人"，他们就是民族的英雄和脊梁。"为天地立心，为生民立命，为往圣继绝学，为万世开太平"，张载以胸怀天下的眼界确立了济民安邦的格局；"我自横刀向天笑，去留肝胆两昆仑"，谭嗣同以视死如归的精神祭奠变法图强的宏愿。他们都是时代的英雄，历史的勇士。时至今日，和平年代的英雄也无所不在、光彩照人。从航空报国、奋斗终身的罗阳到守岛卫国、默默奉献的王继才，从逐梦海天的强军先锋张超到血洒维和战场的申亮亮，祖国的万里江山，处处埋忠骨，人民的幸福安宁，时时有英雄。

巴中处于秦巴山区的腹地，是巴文化的中心区域和远古中华文明的重要发祥地之一，"忠勇节义、豪放包容"的巴人精神深深浸润着这一方山水、深刻影响着生于斯、长于斯的巴中儿女。在精准扶贫、全面实现小康目标决战决胜的关键之年，在追赶跨越、加快发展，主动融入成渝双城经济圈的重要时刻，只有每一个巴中儿女情系桑梓、胸怀故里，在古今英雄的感召激励下，传承和弘扬万众一心、同舟共济、充满信心、敢于胜利的伟大抗疫精神，传续和践行不畏艰难困苦、保持高昂士气、不负神圣使命、慷慨奉献一切的抗美援朝精神，我们坚信一定会书写无愧于时代的壮丽篇章，我们畅想巴中的发展前景一定会更加美好。

第五节　巴中古典诗歌核心价值传承

综上所述，如果以全新的视角，从社会主义核心价值观的角度审视解读，巴中古典诗歌的主要核心价值和精神内涵表现在以下方面：深沉永恒的家国之思，诚挚不渝的友爱真情，亲近山水的融合理念，自由独立的人格坚守，追慕英雄的忠义精神。该核心价值中既有家国之爱、真诚友善个人层面的传统道德要求，也有崇尚自由、和谐发展等社会、国家层面的理念目标。三个维度凝聚共生、纵深延展，五个方面相互贯通、相互促进，共同支撑和构建了巴中古典诗歌当代核心价值体系。不可否认，品读鉴赏巴中诗歌中的核心价值，既可润物无声地以诗育人、陶冶性情，也能潜移默化地以诗化人、重塑社会，使公民向善向上，使社会和谐美好。那么，如何激发莘莘学子和社会公众热爱、传诵巴中古典诗歌，如何传承、弘扬好诗歌中的核心价值呢？

97

一、政府宣传推动

政府宣传、教育、文化旅游主管部门在文化传播和公民道德建设中起着决策、引导的作用，应主动作为，积极应对，展现巴中古诗厚重的人文价值，传承弘扬诗歌中蕴含的核心价值。愚以为政府职能部门应尝试做好以下几件事情。

1. 成立诗歌机构，开展学术研讨

召集巴中本土优秀诗人或聘请市外著名诗人成立诗歌专门研究机构或学术社团，如巴中诗歌研究会，定期举行学术交流和研讨活动。组织学者、专家搜集、整理巴中丰富的古典诗歌资源，深入挖掘诗歌中潜蕴的核心价值内涵，研究巴中古典诗歌的阅读现状及困境，创造性转化和创新性推广既有研究成果，以此提升青少年学生思想道德修养，构建公民精神文明高地，树立本土文化自信，激发文化认同的自豪感、归属感。

2. 设立诗歌节日，开展主题活动

选择具有纪念意义的时间节点，设立一年一度的巴中诗歌节，举办丰富多彩的诗歌活动，在活动中传承、践行核心价值观，以诗歌节提升城市文化品位，打造地域文化名片。如举办"巴中古诗我能背"诗歌挑战赛、古诗大讲堂、经典诗歌吟诵、诗歌艺术赏析、诗歌沙龙、诗歌快闪、诗歌研学等专业性或群众性诗歌文化活动，推动市内外诗歌爱好者互动，培育全民读诗诵诗风尚，进一步弘扬巴蜀优秀传统文化，在全社会营造"读诗、品诗、爱诗"的良好氛围,让巴中诗歌中生长的核心价值外诵于口、内化于心。

3. 加强文旅融合,诗入文旅产品

因地制宜、大胆设计,把文化和旅游有机融合,让诗歌和游客紧紧相拥。游客在美景畅游中既能体验山水之乐,品尝特色美食,又能接受诗歌的陶冶,享用文化的盛宴,达到放松身心、净化心灵的减压教化作用。如文旅集团或旅行社向社会发布巴中山水或人文名胜"诗歌之旅"系列精品旅游线路,让游客穿越巴山蜀水,重回诗歌梦境。或于古诗中出现的重要名胜景点醒目处呈现其诗歌,让游人身临其境、心会其意,如打造南龛公园光福寺旧址,可题书严武"亦知钟梵报黄昏,犹卧禅床恋奇响",品味晨钟暮鼓的自由悠闲之态;推荐川北胜景阴灵山,可撷取杜甫《灵山题壁》"景色钟神秀,气象胜峨眉"的佳句,在"一览众山小"中惊叹自然的神奇伟力、感受人与自然和谐共处的美妙。在文旅产品的设计包装中,也可植入得体的诗歌以增加产品的文化含量、传扬社会核心价值,如在"巴食巴适"土特农产品包装袋上可印刷李白"十月三千里,郎行几岁归"、羊士谔"飘荡云海深,相思桂花白"、罗邺"却羡南飞雁,年年到故园"等表达故土之恋的诗句,以此熏陶和提醒人们"树高千丈不忘根"的浓浓家国之情。

4. 谱曲入乐吟唱,清音快板传诵

关于诗与情志和音乐的关系,《诗大序》认为"诗者,志之所之也，在心为志，发言为诗。情动于中而形于言，言之不足故嗟叹之，嗟叹之不足故永歌之，永歌之不足，不知手之舞之足之蹈之也"。诗具有韵律和节奏之美，诗是音乐和舌尖上的艺术。如果能把巴中本地诗歌中文辞质朴优美、内涵丰富的作品精选出来，请专业词曲创作者为原诗或改编后的诗歌谱曲调乐，把一首首蕴涵核心价值的诗歌声情并茂地吟诵或演唱出来，或借助清音、快板等丰富多样的地方特色文艺形式在相关文化活动中表演出来，则诗歌富含的核心价值更易于被普通公众接受，文化经典的影响力和辐射面将更大。

5. 音画立体呈现，官媒推送普及

访谈调查显示，目前市域内无论是在校中小学生，还是成人公众，对巴中古典诗歌知晓率极低、诵读率不高，鉴于此，政府相关职能部门或机构应组织力量拍摄能反映和体现巴中古诗悠久历史、能展现巴中古诗丰富文化资源和当代核心价值的音频、视频专题素材，把古代诗歌中蕴含的能古为今用的政治、历史、地理、文化、教育等资源充分挖掘整理出来并加以汇聚提炼，再通过广播、电视、"美丽巴中""无线巴中"网络平台等官方主流媒介展示推送、宣传普及，让广大学生和公众更多地了解巴中古诗辉煌的历史和成就，激发文化自信，强化文化认同，让巴中古诗跨越岁月的阻隔，将深邃博大、契合当代的核心价值思想播撒到现代人的心坎上。

二、学校传习引导

诗词作为中华优秀传统文化的典型代表，对于传递核心价值、润泽道德情操具有十分重要的价值和作用。在众多的阅读群体中，学生无疑是最集中、最庞大，可能也是产生影响最深远的阅读者。因此，在优秀传统文化的传承和弘扬中，在诗歌核心价值的承继和践行中，本地学校理应担负起立德树人的育人使命，多渠道、全方位传播古诗中的核心价值。

1. 开发校本课程，编写诗歌教材

依据中小学生不同的认知特点、阅读能力和情感态度，分别编写适合于不同年龄、不同学段的巴中古诗校本教材或开发基于诗歌核心价值传扬的古诗专题课程，以教材或课程为载体，培养学生关注、热爱巴中古诗的兴趣和热情，在诗歌品读、鉴赏、背诵中感受厚重的诗歌文化，涵养积淀其中的核心价值思想和理念。如在教材编写或课程实施中，可以人文主题或内容题材作为核心议题组文或讲授：小学可精选真诚友善主题的诗歌，从小培养学生与人为善、真诚友爱的良好品德；初中可精选山水田园、爱家爱国类别的诗歌，培养学生人与自然和谐相处的生存理念以及珍爱亲人、热爱家乡、报效祖国的浓浓家国情愫；高中则可精选与自由独立、英雄忠义相关的诗歌，以此培育学生的健康人格和英雄气质。

2. 组织研学旅行，开展实地参访

纵览巴中古诗，诗人足迹遍及巴中东南西北，诗歌内容关

101

联山川草木人物。可谓诗人所到之地诗意流淌，题材关涉之处皆有佳篇。古人云：读万卷书，不如行万里路。"纸上得来终觉浅，绝知此事要躬行。"要想真正读懂巴中诗歌的意境、情感，深刻领会其中蕴含的核心价值，不妨身临其境，亲自感受体验"景色钟神秀，气象胜峨眉"的阴灵山秀美景色，现场瞻仰和缅怀"心肝同火烈，忠义与天长"的严公高大形象。因此，学校如在条件许可的前提下，适时组织学生开展有意义的诗歌研学旅行主题活动，带领学生实地参观游览，让长期身居书斋的学子放飞自我、自由驰骋，在诗中游，在游中思，在思中学，那么学生对诗歌的兴趣或许会更加浓厚，对诗歌中核心价值的理解或许会更加深入。

3. 组建古诗社团，开展特色活动

社团在学校文化建设中扮演着重要的角色，对丰富学生课余文化生活、启迪心智、陶冶情操具有不可替代的作用。为激发学生对巴中本土诗歌的兴趣和热情，在诗歌品读鉴赏中汲取古人智慧和思想，涵养践行诗歌核心价值，可以尝试在语文老师或团委指导下建立班级、年级或者学校巴中古诗社团，定期举行巴中古诗朗诵会、品鉴欣赏交流会、诗歌沙龙、诗乐舞表演、以家国情怀及和谐友善等为主题的创作会、巴中诗歌专场诗词大会、专家讲座等别开生面、形式多样的诗歌活动，让学生在多姿多彩的实践活动中走近巴中诗歌，感受巴中诗歌亘古不变的精神温度，品味诗歌历久弥新的时代价值。

4. 引入教学资源，强化诗歌考查

在平常教学中，如能拓展教学资源，适时引入巴中本地古诗，既能打开学生的眼界和视野，增加学生的知识广度，也能在潜移默化的情感熏陶和思想启迪中浸润学生核心价值观念。如在以"别样的情语，一样的乡愁"为议题的诗歌群文阅读中，就可以挑选古巴州父母官羊士谔远离故土山水，千里迢迢为官写下的《早春对雨》《郡楼晴望》《九月十日郡楼独酌》《郡斋感物寄长安亲友》等思乡怀人的作品组文，在本土诗歌的涵泳中，近距离体验甜蜜而忧愁的乡土情思。同时，为了引导师生对巴中古诗的关注和品读，教师可以尝试在本市初中语文月考、中考或高中语文零诊、一诊自主命题中，遴选适合初高中学生阅读且具有一定思想价值和文化含量的古诗命制试题，让师生在"应试"环境的濡染中自觉主动了解、阅读巴中诗歌，在问题的思考和回答中探析巴中诗歌多种多样的艺术手法，解读领会诗歌暗含的核心价值。

三、公众积极参与

1. 关注本土诗歌，树立文化自信

在优秀传统文化的传播和诗歌核心价值观的传承中，除了政府应当担负起宣传引导的主体责任，学校承担培元固本的基础任务之外，社会公众也应当清醒地认识到自身在传承优秀文化和核心价值观中应当占有什么地位和扮演何种角色。公众人口数量众多，组成成分复杂，社会辐射面广，舆论影响力大，因此公众在传统文化和核心价值观的传承、践行中有着举足轻重的地位和作用。从某种程度而言，公众对优秀传统文化的接受度、对巴中古典诗歌的自信力直接影响或决定了本地优秀诗歌能否在人们心中开花发芽，能否让诗歌中的人文芬芳、核心价值香远益清。

2. 激发主体意识，参与诗歌活动

文化寻根的使命需要公众了解巴中古诗灿烂辉煌的历史成就，认识诗歌中蕴含的真诚友善、家国情怀、和谐共处、自由独立、追慕英雄等核心价值，需要进一步激发公民自觉品读巴中诗歌的主体意识。诗歌价值的感召需要公众通过网络（如官微）、广播、电视、报刊等各种传播媒介以及普及性读物，欣赏巴中古诗独特的艺术价值，领会诗歌中醇厚的思想价值和文化价值，积极参加政府或民间团体举办的诗歌朗诵、诗歌吟唱、诗歌创作、诗歌研讨、诗歌文艺等诗歌主题活动，为公众文化和审美素养的提升，为文化自信的重塑和文化振兴的实施，为古诗核心价值在实现第二个百年目标的奋斗中发挥作用做出巴中人应有的贡献。

3. 倡导家庭共读，践行核心价值

巴中古典诗歌作为历史久远、意蕴丰富的公共文化产品，在传播推广中应该采取共读共享、共品共传的阅读策略。作为阅读主力军的中小学生，可以把在学校背诵的朗朗上口、词句

精美的巴中古典诗歌带回家，读给父母长辈、讲给兄弟姐妹，让他们了解和喜欢巴中本土优秀诗歌，在品读分享中体悟历久弥新的诗歌核心价值。家庭中有一定文化知识和诗词素养的父母或长辈，也可以利用自己对于古典诗词的喜好、对巴中古诗的情愫潜移默化地影响家中在读学生，激发和培养他们从小热爱优秀传统文化、热爱优美的古典诗词、热爱巴中本土诗歌的浓厚兴趣，在诗歌品读、涵泳中滋养健康人格，在传承、践行诗歌核心价值中立德树人。

　　伟大的时代需要优秀的文化，优秀的文化需要诗歌的存在。巴中古代诗歌记录了巴州源远流长的历史和辉煌灿烂的文化，诗歌中包孕的丰富历史信息、文化资源和核心价值，生动地再现了我们祖先盛大的人文气象、丰茂的思想智慧和昂扬的精神风貌，这些文化和思想的丰硕成果随着时间的流逝而弥足珍贵，随着时代的演进而愈发熠熠生辉。在巴中决胜脱贫攻坚、夺取全面小康的阶段性目标中，依托巴中厚重的本土诗歌，以文化励民养民教民、以诗歌传承核心价值，是思想小康、精神小康的重要举措；在巴中加快发展融入成渝双城经济圈、建设川陕革命老区振兴发展示范区的美好愿景中，借力巴中本土优秀传统文化资源，做好诗歌这篇华美的宏大文章，借鉴吸纳传承古今普适的核心价值，为公众提供更多有益的公共文化产品和精神支持，为增强文化软实力、建设文化强市而激发文化自信、唤醒文化使命，是公民思想道德建设、巴中文化建设应当补齐的短板和发力的方向。

习近平总书记曾多次强调，"社会主义核心价值观、中华优秀传统文化所具有的强大精神动力，是凝聚人心、汇聚民力的强大力量"。"文化自信是一个国家、一个民族发展中最基本、最深沉、最持久的力量。向上向善的文化是一个国家、一个民族休戚与共、血脉相连的重要纽带"。"中国人历来抱有家国情怀，崇尚天下为公、克己奉公，信奉天下兴亡、匹夫有责，强调和衷共济、风雨同舟，倡导守望相助、尊老爱幼，讲求自由和自律统一、权利和责任统一"，"历史和现实都告诉我们，只要不断培育和践行社会主义核心价值观，始终继承和弘扬中华优秀传统文化，我们就一定能够建设好全国各族人民的精神家园，筑牢中华儿女团结奋进、一往无前的思想基础"。十九届五中全会公报在"十四五"时期经济社会发展主要目标中也指出，"社会文明程度得到新提高，社会主义核心价值观深入人心，人民思想道德素质、科学文化素质和身心健康素质明显提高"，"人民精神文化生活日益丰富，中华文化影响力进一步提升，中华民族凝聚力进一步增强"。在实现"两个一百年"奋斗目标和中华民族复兴的伟大征程中，巴人文化和巴中文化应当主动融入中华优秀传统文化和社会主义先进文化的滚滚洪流之中，巴中诗词和巴风巴韵应抢救性发掘、创造性转化、创新性发展，自觉自信地加入浩瀚古典诗词对中华文化的浸润和社会主义核心价值观的传承中，为国家文化软实力显著增强，为文化强国的建设，为社会主义核心价值观的培育、传承和践行谱写巴中华章、绽放巴中精彩。

第二章　蕴含核心价值的其他古典诗词

第一节　讲仁爱

一、经典作品

《关雎》《蒹葭》（《诗经》）

《孔雀东南飞》（汉乐府民歌）

白居易《长恨歌》

苏轼《江城子·乙卯正月二十日夜记梦》

秦观《鹊桥仙·纤云弄巧》

柳永《雨霖铃·寒蝉凄切》

陆游《钗头凤·红酥手》

纳兰性德《长相思·山一程》

李清照《一剪梅·红藕香残玉簟秋》

李煜《虞美人·春花秋月何时了》

李白《春夜洛城闻笛》

王维《九月九日忆山东兄弟》

张籍《秋思》

温庭筠《商山早行》

范仲淹《渔家傲·秋思》

马致远《天净沙·秋思》

二、名句重温

执子之手，与子偕老。

——《诗经·邶风·击鼓》

结发为夫妻，恩爱两不疑。

——苏武《留别妻》

入我相思门，知我相思苦。

——李白《三五七言》

还君明珠双泪垂，恨不相逢未嫁时。

——张籍《节妇吟》

今夜月明人尽望，不知秋思落谁家。

——王建《十五日夜望月寄杜郎中》

天长地久有时尽，此恨绵绵无绝期。

——白居易《长恨歌》

曾经沧海难为水，除却巫山不是云。

——元稹《离思五首·其四》

君问归期未有期，巴山夜雨涨秋池。

——李商隐《夜雨寄北》

多情自古伤离别，更那堪冷落清秋节。

——柳永《雨霖铃》

两情若是久长时，又岂在朝朝暮暮。

——秦观《鹊桥仙》

十年生死两茫茫，不思量，自难忘。

——苏轼《江城子》

人生自是有情痴，此恨不关风与月。

——欧阳修《玉楼春》

只愿君心似我心，定不负相思意。

——李之仪《卜算子》

千金纵买相如赋，脉脉此情谁诉。

——辛弃疾《摸鱼儿》

桃花落，闲池阁，山盟虽在，锦书难托。

——陆游《钗头凤》

问世间，情是何物，直教生死相许。

——元好问《摸鱼儿二首其一》

人生若只如初见，何事秋风悲画扇。

——纳兰性德《木兰花令》

但使主人能醉客，不知何处是他乡。

——李白《客中行》

露从今夜白，月是故乡明。

——杜甫《月夜亿舍弟》

君自故乡来，应知故乡事。

——王维《杂诗》

第二章 蕴含核心价值的其他古典诗词

故乡今夜思千里，霜鬓明朝又一年。

——高适《除夜作》

近乡情更怯，不敢问来人。

——宋之问《渡汉江》

人言落日是天涯，望极天涯不见家。

——李觏《乡思》

浊酒一杯家万里，燕然未勒归无计。

——范仲淹《渔家傲》

春风又绿江南岸，明月何时照我还。

——王安石《泊船瓜洲》

别时容易见时难，流水落花春去也，天上人间。

——李煜《浪淘沙》

夕阳西下，断肠人在天涯。

——马致远《天净沙·秋思》

三、佳作荐读：《汉乐府民歌·上邪》

上邪！

我欲与君相知，

长命无绝衰。

山无陵，江水为竭，

冬雷震震，夏雨雪，

天地合，乃敢与君绝！

第二节　尚友善

一、经典作品

王勃《送杜少府之任蜀州》　　　王维《送元二使安西》

王昌龄《芙蓉楼送辛渐》　　　　孟浩然《过故人庄》

李白《黄鹤楼送孟浩然之广陵》　杜甫《客至》

二、名句重温

江南无所有，聊赠一枝春。

——陆凯《赠范晔》

海内存知己，天涯若比邻。

——王勃《送杜少府之任蜀州》

桃花潭水深千尺，不及汪伦送我情。

——李白《赠汪伦》

肯与邻翁相对饮，隔篱呼取尽余杯。

——杜甫《客至》

故人具鸡黍，邀我至田家。

——孟浩然《过故人庄》

洛阳亲友如相问，一片冰心在玉壶。

——王昌龄《芙蓉楼送辛渐》

111

劝君更尽一杯酒，西出阳关无故人。

——王维《送元二使安西》

莫愁前路无知己，天下谁人不识君。

——高适《别董大》

相知无远近，万里尚为邻。

——张九龄《送韦城李少府》

去年花里逢君别，今日花开已一年。

——韦应物《寄李儋元锡》（注："已一年"也作"又一年"）

桃李春风一杯酒，江湖夜雨十年灯。

——黄庭坚《寄黄几复》

聚散苦匆匆，此恨无穷。

——欧阳修《浪淘沙》

后会不知何处是，烟浪远，暮云重。

——秦观《江城子》

三、佳作荐读：杜甫《梦李白二首》（五言古诗）

其一

死别已吞声，生别常恻恻。

江南瘴疠地，逐客无消息。

故人入我梦，明我长相忆。

恐非平生魂，路远不可测。

魂来枫林青，魂返关塞黑。

君今在罗网，何以有羽翼？

落月满屋梁，犹疑照颜色。

水深波浪阔，无使蛟龙得。

其二

浮云终日行，游子久不至。

三夜频梦君，情亲见君意。

告归常局促，苦道来不易。

江湖多风波，舟楫恐失坠。

出门搔白首，若负平生志。

冠盖满京华，斯人独憔悴。

孰云网恢恢，将老身反累。

千秋万岁名，寂寞身后事。

113

第三节　求和谐

一、经典作品

陶渊明《归园田居》　李白《望庐山瀑布》

杜甫《绝句》　　　　张若虚《春江花月夜》

王维《山居秋暝》　　白居易《钱塘湖春行》

杜牧《江南春》　　　苏轼《饮湖上初晴雨后》

陆游《游山西村》　　辛弃疾《西江月·夜行黄沙道中》

二、名句重温

山气日夕佳，飞鸟相与还。

——陶渊明《饮酒》

春江潮水连海平，海上明月共潮生。

——张若虚《春江花月夜》

明月松间照，清泉石上流。

——王维《山居秋暝》

绿树村边合，青山郭外斜。

——孟浩然《过故人庄》

迟日江山丽，春风花草香。

——杜甫《绝句》

日出江花红胜火，春来江水绿如蓝。

——白居易《忆江南》

篱落疏疏一径深，树头花落未成阴。

——杨万里《宿新市徐公店》

箫鼓追随春社近，衣冠简朴古风存。

——陆游《游山西村》

重湖叠巘清嘉，有三秋桂子，十里荷花。

——柳永《望海潮》

明月别枝惊鹊，清风半夜鸣蝉。

——辛弃疾《西江月》

青山绿水，白草红叶黄花。

——白朴《天净沙·秋》

三、佳作荐读：白朴《天净沙》（四首）

春

春山暖日和风，阑干楼阁帘栊，杨柳秋千院中。啼莺舞燕，小桥流水飞红。

夏

云收雨过波添，楼高水冷瓜甜，绿树阴垂画檐。纱橱藤簟，玉人罗扇轻缣。

秋

孤村落日残霞，轻烟老树寒鸦，一点飞鸿影下。青山绿水，白草红叶黄花。

冬

一声画角谯门，半庭新月黄昏，雪里山前水滨。竹篱茅舍，淡烟衰草孤村。

第四节　重民本

一、经典作品

《硕鼠》《伐檀》（《诗经》）

杜甫《兵车行》"三吏""三别"

白居易《琵琶行》《卖炭翁》

张养浩《山坡羊·潼关怀古》

二、名句重温

长太息以掩涕兮，哀民生之多艰。

——屈原《离骚》

穷年忧黎元，叹息肠内热。

——杜甫《自京赴奉先县咏怀五百字》

安得广厦千万间，大庇天下寒士俱欢颜，风雨不动安如山。

——杜甫《茅屋为秋风所破歌》

可怜无定河边骨，犹是春闺梦里人。

——陈陶《陇西行》

地不知寒人要暖，少夺人衣作地衣。

——白居易《红线毯》

月儿弯弯照九州，几家欢乐几家愁。

——杨万里《竹枝词》

郁孤台下清江水，中间多少行人泪。

——辛弃疾《菩萨蛮·书江西造口壁》

但愿苍生俱饱暖，不辞辛苦出山林。

——于谦《咏煤炭》

宫阙万间都作了土，兴，百姓苦；亡，百姓苦。

——张养浩《山坡羊·潼关怀古》

伤心秦汉，生民涂炭，读书人一声长叹。

——张可久《卖花声·怀古二首》

三、佳作荐读：杜甫《无家别》

寂寞天宝后，园庐但蒿藜。我里百余家，世乱各东西。

存者无消息，死者为尘泥。贱子因阵败，归来寻旧蹊。

久行见空巷，日瘦气惨凄。但对狐与狸，竖毛怒我啼。

117

四邻何所有，一二老寡妻。宿鸟恋本枝，安辞且穷栖。
方春独荷锄，日暮还灌畦。县吏知我至，召令习鼓鞞。
虽从本州役，内顾无所携。近行止一身，远去终转迷。
家乡既荡尽，远近理亦齐。永痛长病母，五年委沟溪。
生我不得力，终身两酸嘶。人生无家别，何以为蒸黎。

第五节　倡爱国

一、经典作品

《采薇》(《诗经》)　　屈原《离骚》　　王昌龄《出塞》

杜甫《春望》　　陆游《示儿》

辛弃疾《永遇乐·京口北固亭怀古》《破阵子·为陈同甫
赋壮词以寄之》

岳飞《满江红》　　文天祥《正气歌》《过零丁洋》

二、名句重温

路漫漫其修远兮，吾将上下而求索。

——屈原《离骚》

捐躯赴国难，视死忽如归。

——曹植《白马篇》

118

但使龙城飞将在，不教胡马度阴山。

——王昌龄《出塞二首·其一》

国破山河在，城春草木深。

——杜甫《春望》

商女不知亡国恨，隔江犹唱后庭花。

——杜牧《泊秦淮》

王师北定中原日，家祭无忘告乃翁。

——陆游《示儿》

位卑未敢忘忧国，事定犹须待阖棺。

——陆游《病起书怀》

想当年，金戈铁马，气吞万里如虎。

——辛弃疾《永遇乐·京口北固亭怀古》

人生自古谁无死，留取丹心照汗青。

——文天祥《过零丁洋》

一寸丹心图报国，两行清泪为思亲。

——于谦《立春日感怀》

苟利国家生死以，岂因祸福避趋之。

——林则徐《赴戍登程口占示家人》

粉身碎骨寻常事，但愿牺牲报国家。

——秋瑾《失题》

只解沙场为国死，何须马革裹尸还。

——徐锡麟《出塞》

三、佳作荐读：文天祥《正气歌》（自序＋正文）

余囚北庭，坐一土室。室广八尺，深可四寻。单扉低小，白间短窄，污下而幽暗。当此夏日，诸气萃然：雨潦四集，浮动床几，时则为水气；涂泥半朝，蒸沤历澜，时则为土气；乍晴暴热，风道四塞，时则为日气；檐阴薪爨，助长炎虐，时则为火气；仓腐寄顿，陈陈逼人，时则为米气；骈肩杂遝，腥臊汗垢，时则为人气；或圊溷、或毁尸、或腐鼠，恶气杂出，时则为秽气。叠是数气，当之者鲜不为厉。而予以孱弱，俯仰其间，於兹二年矣，幸而无恙，是殆有养致然尔。然亦安知所养何哉？孟子曰："吾善养吾浩然之气。"彼气有七，吾气有一，以一敌七，吾何患焉！况浩然者，乃天地之正气也，作正气歌一首。

天地有正气，杂然赋流形。下则为河岳，上则为日星。
于人曰浩然，沛乎塞苍冥。皇路当清夷，含和吐明庭。
时穷节乃见，一一垂丹青。在齐太史简，在晋董狐笔。
在秦张良椎，在汉苏武节。为严将军头，为嵇侍中血。
为张睢阳齿，为颜常山舌。或为辽东帽，清操厉冰雪。
或为出师表，鬼神泣壮烈。或为渡江楫，慷慨吞胡羯。
或为击贼笏，逆竖头破裂。是气所磅礴，凛烈万古存。
当其贯日月，生死安足论。地维赖以立，天柱赖以尊。

三纲实系命，道义为之根。嗟予遘阳九，隶也实不力。

楚囚缨其冠，传车送穷北。鼎镬甘如饴，求之不可得。

阴房阒鬼火，春院閟天黑。牛骥同一皂，鸡栖凤凰食。

一朝蒙雾露，分作沟中瘠。如此再寒暑，百沴自辟易。

嗟哉沮洳场，为我安乐国。岂有他缪巧，阴阳不能贼。

顾此耿耿在，仰视浮云白。悠悠我心悲，苍天曷有极。

哲人日已远，典刑在夙昔。风檐展书读，古道照颜色。

第六节　守清廉

一、经典作品

李商隐《咏史》　　张养浩《山坡羊·述怀》

于谦《石灰吟》

二、名句重温

此抵有千金，无乃伤清白。

——白居易《三年为刺史》

历览前贤国与家，成由勤俭破由奢。

——李商隐《咏史》

清心为治本，直道是身谋。

——包拯《书端州郡斋壁》

但得官清吏不横，即是村中歌舞时。

——陆游《春日杂兴》

不要人夸颜色好，只留清气满乾坤。

——王冕《墨梅》

官，君莫想；钱，君莫想。

——张养浩《山坡羊·述怀》

粉骨碎身浑不怕，要留清白在人间。

——于谦《石灰吟》

清风两袖朝天去，免得闾阎话短长。

——于谦《入京》

罢郡轻舟回江南，不带关中一点棉。

——蔡信芳《罢郡》

些小吾曹州县吏，一枝一叶总关情。

——郑板桥《潍县署中画竹呈年伯包大中丞括/墨竹图题诗》

三、佳作荐读：张养浩《山坡羊》（二首）

其一

无官何患，无钱何惮？休教无德人轻慢。你便列朝班，铸铜山，止不过只为衣和饭，腹内不饥身上暖。官，君莫想；钱，君莫想。

其二

休学谄佞，休学奔竞，休学说谎言无信。貌相迎，不实诚，纵然富贵皆侥幸。神恶鬼嫌人又憎。官，待怎生；钱，待怎生。

第三章　诗歌研究论文

第一节　中学新诗教学存在的主要问题及对策刍议

　　严羽在《沧浪诗话》中说："诗者，吟咏性情也。"柯勒律治说："诗是最佳词语的最佳排列。"黑格尔认为：诗歌是最高的艺术。毋庸置疑，诗是人们精神世界的一种自救和自娱，是在物欲膨胀、温情缺失的形势下对人性的呼唤，对人间纯情的期盼；诗是最富人文性、最具真性情、最含创造性的一种文学样式。且不说中国古诗具有悠久绵长的历史和辉煌灿烂的过去，中国新诗从"五四"时期至今，也有100多年了，其间流派纷呈，作家云集，佳作频出。近年来，随着公众对诗歌价值认识的提升，随着诗人创作环境的改善，随着一系列诗歌刊物和诗歌研究机构如雨后春笋般地涌现，新诗正逐渐走出低迷的境地，步入了一段充满希望、令人期待的发展时期。与新诗蓬勃发展、受人瞩目形成强烈反差的是，新诗在中小学语文不仅没有占据应该占有的位置，反而问题重重，使人忧心。本文拟从中学语文教学的视野对当下的新诗教与学予以盘点和解剖。

一、重视不够，价值弱化

不可否认，与传统教材相比，新诗在新版教材中的数量有所增加，地位也得到了一定程度的提升，但这并不能说明新诗在语文教材上已获得足够的重视，其地位已达到令人欣慰的高度。以现行人教版高中教材为例，新诗仅在第一册第一单元以"激发高中学生语文学习的兴趣和热情"的光荣使命现身过一次，此后高中两年便销声匿迹、不知所终。即使这一次出场，包括"讲读""自读"和"其他诗歌读背篇章"在内，也仅选编了中国现当代诗歌11首，外国诗5首；而与此相对照的是，古典诗词的学习贯穿于整个高中阶段，共收录诗歌43首（不包括词）。两相比较，双方数量之多寡，地位之轻重，不言而喻。

如果说厚此薄彼、扬古抑今是新诗在数量上弱化的有力明证，新诗在教学中"被弱化"的现象也非常普遍。在日常教学中，一些教师对小说、散文、戏剧、古典诗词等文学体裁或记叙文、议论文等文章体式情有独钟，而对新诗则漠然视之、另眼相待。即便在教授新诗时，他们也是轻描淡写，蜻蜓点水，没有诚意带领学生静下心来认认真真地品读欣赏；更为甚者，老师有时根本不做任何点拨和提示，任由学生"放羊式"自读自悟，自己则若无其事地作壁上观，或者干脆"沙扬娜拉"，就此别过。如果要探究新诗在目前中学语文教学中处于弱势地位的原因，以下两点值得关注与反思。首先是语文教学实用主义思想作祟。当代著名诗歌评论家吴思敬教授说："多年来我们把语文看成工具，说它是基础课也是工具课，而我们更多的是把语文放在交流和读写的层面，也就是我们生活中用得着的东西，我们就去学。而写诗恐怕在任何一个时代也不会是大多数人的事，人人当诗人，人人都去写诗，这是不太可能的。"也就是说，新诗的工具性作用和效果在语文教学中难以体现出来，师生（包括公众）对其工具性的认定也难以理解和接受。此外，考试的功利性特点也是造成新诗地位被边缘化的更为致命的原因。从中高考来看，语文试卷中几乎不涉及或根本没有与新诗相关的材料或题型，就连开放性大、包容度高的作文也采取了闭关主义的态度：除诗歌外，文体不限。正是由于这种所学非所考、所考必所学的功利主义导向的影响和牵引，新诗在教学和备考中备受冷遇，遭人歧视，以致难以翻身。在对新诗价值定位时，我们除了考虑它的工具层面，正如吴思敬教授所说："更应该把它看成塑造人文精神的重要手段，更应该强调它的人文精神……在不同的历史阶段，新诗始终是和这个社会的脉搏、和读者的心灵相通的……新诗对学生心灵的启迪作用、感悟作用和熏陶作用是别的形式所不能替代的。"其实，在对新诗的反复诵读和对语言的涵泳中，学生也能不断习得语感，提高遣词用句的能力，这本身就是践行语文工具性的重要表现，是锻造学生在言语实践中学语文、用语文这一语文工具性能力的有效途径和手段。

二、内外所限，发展"贫血"

与小说、散文、戏剧和古典诗词相比，新诗教学无论是在资料的搜集、经验的积淀方面，都要稍逊一筹。其他文体的教学经过多年的探索和总结，有许许多多相关的文献资料和研究文章，有经过许多人长期实践而积累起来的宝贵教学经验，而且个别经验丰富者还在多年的教学实践中形成了教授某一类文体时独特的模式和个性化风格，因此，教学容易上手甚至于游刃有余。而新诗由于入住教材时间不长，且随着教材的变化，所选篇目也常常旧貌换新颜，这些新面目对于教师而言无疑是新的挑战。面对全新的挑战和要求，教师不免措手不及，难以应对，有时甚至只能摸着石头过河。同时，由于新诗数量偏少，学生读的新诗太少，他们对于新诗艺术的独特之处、对新诗把握世界的独特方式缺乏相关理解，艺术趣味不浓，审美能力低下，客观上也影响了新诗教学效益的提升。更为甚者，一些教师自身文学素养不提高，对新诗缺乏一定的敏感性，对作品的深层解读和把握能力不强，教读新诗时只能隔靴搔痒、浮光掠

127

影，或者自身对新诗不感兴趣，不愿在新诗的阅读和鉴赏中苦练内功，不愿提炼总结新诗的教法和学法，以至于形成了新诗教学能力的真空地带，从而在新诗教学时常常望诗兴叹、力不从心。因此，教材和学生客观瓶颈，教师主观兴趣的偏爱及个人学养的浅薄，是新诗教学遇到的主要障碍。当然，在所有制约新诗教学发展的因素中，目前首先应该克服和解决的是教师自身的障碍，因为外部条件和环境的羁绊可以随着教师主观态度的转变和个人教学能力的增强而有所削弱或者改变。因此，只有重新认识现代新诗的文学价值和育人功能，激发学生阅读新诗的兴趣，夯实教师教学新诗的功底，才能为新诗回归语文课程、实现教学价值奠定坚实基础。

三、漠视区别，教法雷同

新诗是对自我与世界的一种特殊把握方式，表达的是现代人的个性化思维和情感方式。正因为其艺术的独特性，我们在教学新诗时，必须以诗为本，以人为本，注意区分不同题材和作家的作品，进行个性化教学，而新诗教学的现状却是千篇一教，万人一法。抹煞新诗之间的个体性差异，教法简单，表现在以下方面。首先，教者和学者忽视了新诗和小说、散文、戏剧等其他文体的显著区别，尤其是对古诗和新诗之间的同异视而不见，或不甚明了。每一类文体都有其各自鲜明的特征和对自然、社会、人生的独特认知方式，因为作者认识和反映世界的方式不同，所以我们在阅读和欣赏时应该对症下药，切不可一种模式用到老，一种方法管全篇。比如小说阅读中的分层划段，情节梳理，文言文中的字字落实，以文意为重的拆分肢解式教学法就不太适合于诗歌以整体感受和感悟为主的赏析方法。特别是对于古诗和新诗的区别，师生一定要用心琢磨对比，以防阅读道路的同一和欣赏方式的重叠。古诗以意境的营造为主，传达作者对人世、外物和事件的主观志趣和情感，一般主旨比较显豁单一，而新诗以意象的选用或叠加为手段，重在表达个人的主观情绪和自我意识，其主旨常常多元而复杂。明白了这些特点和差异，我们在品读鉴赏时才能力避把新诗和古诗混为一谈的狭隘经验论。其次，是漠视新诗中不同创作风格的作家、不同题材和体式诗作之间的区别，或者同一作家不同时期作品之间的差别，以某一新诗的教法和学法来统摄取代其他所有作家和作品。这种"闭着眼睛捉麻雀"、天下新诗一样教的"通吃"现象在当今新诗教学中尤甚。对于气质风格各异的作家和题材、情感、语言、手法殊异的作品，我们完全可以读出自己独到的思考和感悟，教出自己的个性和风采。比如对《再别康桥》的赏读，我们可以采用以感受优美意境和体验离别之情相结合的冥想法和体验法，而对像《错误》或《面朝大海，春暖花开》这些主旨深邃、内涵丰赡的多义性诗歌，多元解读的探究法则是不可或缺的阅读方法。

129

四、缺少舞台，爱诗成空

处于青少年时期的中学生，正值涌动激情和梦想、畅想人生和未来的美好时节，他们对新诗所描绘出来的斑斓多彩的生活与世界是神往的，对新诗所传达出的对生命的思考、对社会的关注是与内在主体意识的萌动和觉醒相契合的。因此，中学生是需要读诗的，是渴望写诗的。新诗是对他们内在精神世界的观照，是对自身生命形态的艺术的折射。对此，作者对高一学生展开的一份"你喜欢新诗吗？"的中学生问卷是最有力的明证。在调查中，17.5%的学生表示"非常喜欢"，52.9%的学生表示"比较喜欢"，两者相加占到七成。这表明，目前中学生对新诗总体上还是比较感兴趣的，新诗并未给人以面目可憎、拒人千里的印象。但令人不安的是，有30.7%的学生对眼下新诗教学不满意，非常满意的只占7%。在不满意之中，除了教师功力不够、教学方式亟待改善之外，我想更多的是外界提供给学生喜欢新诗的机会过少，空间过小。除了"文体不限，诗歌除外"的功利主义评价思想的束缚外，新诗读物太少，缺少与诗人见面交流的机会，没有提供诗歌写作和展现自我的平台，也是限制和压抑学生爱诗、读诗、写诗的外因。因此，适当增设新诗在练习和考试中的内容，开设选修课指导新诗鉴赏，在新诗教学中让学生改写、续写、仿写诗歌，组建诗社或组织新诗爱好者笔会，把学生诗歌作品汇编成诗集，把学生对富含优美意象的流行歌曲的传唱引导到同样具有声韵美的新诗的喜爱，这些都是让学生能接触新诗、迷恋新诗和创作新诗的有益尝试。

朱光潜先生在《谈读诗与趣味的培养》一文中指出，一切纯文学都有诗的特质，"诗是培养趣味的最好的媒介，能欣赏诗的人们不但对于其他种种的文学可有真确的了解，而且也决不会觉到人生是一件干枯的东西"。因为"它在使人到处都可以觉到人生世相新鲜有趣，到处可以吸收维持生命和推展生命的活力"，"有生命而无诗……真是一件最可悲哀的事"。中国有几千年源远流长、可圈可点的古典诗歌传统，也当有继往开来、精彩无限的现代诗歌历史。作为中华文化的继承者和传承人，我们有责任和义务怀揣曾经的骄傲与荣耀，让广大中学生朋友钟情新诗、读背新诗、创写新诗，以新诗续写中华优秀传统文化新的篇章和梦想。

（本文为作者的教育硕士课程论文）

第二节　诗歌在语文学习中的妙用

一、提要知识，简明易记

在语文学习中，有一些不容回避的"死知识"需要识记和掌握，如知人论世的了解，文学常识的概知，文化现象的积淀，语法知识的掌握，都需要有意识地识记与内化。面对如此繁杂而又琐碎的知识内容，如果零星而机械地记忆，必然效率低下且容易遗忘，反之如运用诗歌串联法，把一课一单元的知识点，或易混知识点加以归纳整理，以诗歌的形式予以全新"包装"，则简明扼要，利诵易记。如关于借代与借喻的异同，常难区分，不易把握，为了好懂易记，不妨以诗对比如下：本体不现他物代，以物替物是相同；只代不喻为借代，喻中有代是借喻；事物相关为借代，两者相似乃借喻；借喻能改明暗喻，借代未可稳如山。

二、应用拓展，美不胜收

应用能力、审美能力和创新能力是当前语文学习中应当着重培养的三大核心能力，同时也是不断锻造和提升自己语文综合素养与能力的追求目标。在三大能力的培养和演练中，既要"关注学生情感的发展，让学生受到美的熏陶"，又要兼顾"培养自觉的审美意识和高尚的审美情趣，培养审美感知和审美创造的能力"（《高中语文新课程要求》）。诗歌外着华美凝练的语言外衣，内具丰富厚重的审美意蕴，不仅是语文学习中练习遣词造句，提高语言表达能力的有益载体，也是语文精神家园中情感迸发、思想萌芽的人文乐土。无疑，诗歌应当也能够肩负起思考与领悟、审美与创美的学科使命。如在阅读之后的应用与拓展练习中，古典与现代诗的相互转换、改写，对诗中原有意境、情感的拓展性创写，对诗词原有体式的模拟仿写，对文质兼美散文的诗化缩写，都是读后积累与整合、深化与拓展、发现与创新的有效训练方式。

三、写作反思，纲举目张

作文的写后总结与反思是整个写作流程中至关重要的一环，如果疏于重视或总结不得其法，终将功亏一篑、前功尽弃，其结果只会是写而无获，作而不尽。在作文评讲后，如果能对此次作文存在的主要问题或写作的一些技巧方法有针对性地梳理与归纳，提炼成一首首晓畅明白、朗朗上口的写作歌谣，既能一针见血地把准问题的症结，增强改进的实效性，又能保证写作理论知识概括的条理化、系统性，使之写而有得、诵以致用。如在训练"作点辩证分析"这一作文单元时，经过反思与整合，可以总结出以下 8 点议论文的写作技巧和要领：标题亮丽一半文，论点论据两类型；思路清晰有条理，议论为主定文体；道理事例不分离，材料使用需简明；历史现实来支撑，辩证分析两面看。

（本文发表于 2008 年 9 月 16 日《语文报·高中版》）

第三节　诗歌"三性"表达对语用能力的提升

　　诗歌是文学艺术的滥觞，诗语是文学语言的"活化石"。诗歌语言具有象意指代的概括性、词句规则的变形性、语义内蕴的精致性三大特征。如果在现代诗歌的鉴赏和写作中，能关注和聚焦这三大特性，学生的语言建构与运用能力则会得到浸润与提高。

一、语汇的概括性

　　诗歌以象写意，以形言志，借助一个个鲜明生动的景物、事物、人物形象来指代诗人心目中歌咏的万千形象，再运用概括性的语言寓志于象，言情说理。因此，意象的典型性、情志的聚合性，是诗歌概括性的两大主要特质。如在昌耀《峨日朵雪峰之侧》"啊，真渴望有一只雄鹰或雪豹与我为伍/在锈蚀的岩壁/但有一只小得可怜的蜘蛛/与我一同默享着这大自然赐予的/快慰"中，作者以"雄鹰""雪豹"指代生命的力量和姿态，以"蜘蛛"泛称弱小、卑微的生命形态，在对比衬托中表达对生命的热爱、对生命力的赞美。在《沁园春·长沙》中，青年毛泽东在词的下片以"书生意气，挥斥方遒"，"指点江山，激扬文字"等概述性语言抒发了革命青年胸怀天下、心忧家国的情怀。在为纪检系统创写的《别问我是谁》中，我以"中秋、春节的团圆是乡间老屋的思念/温馨的饭桌依然有你冰冷的碗筷"细节性地概括表达纪检人远离亲情、无私奉献的职业操守。

如果能在诗歌品读中领会由物及人、由自然到社会、由点到面、由个别到一般的抒情达意概括性表达，并在诗歌写作中历练，则语言运用的概括性表述能力将会逐步提升。这对目前考试中强化语言整合与概括、压缩与提炼能力的考查，而学生此项能力又大面积匮乏、普遍性不足的困境而言，无疑是一剂良方。

二、语法的反常性

现代诗歌语言具有夸张、跳跃、错位等变式特点。比如词性的改变，词语和词语之间的新奇搭配和组合，句子的主谓倒装、定语和状语后置、宾语前置等。诗歌语言的不落俗套、"不合常规"实际是和诗歌情意的快速流动、飘忽不定契合共生的，因为现代新诗是对自我与世界的一种特殊把握方式，表达的是现当代人的个性化思维方式和情感体验。这种感知生活和社会的独特认知方式、表现思维和情感的个性化特点，需要作为依托和承载手段的语言也必须作出相应的调整和改变。如台湾地区女诗人夏宇的经典之作《甜蜜的复仇》：把你的影子加点盐/腌起来/风干/老的时候/下酒。单从诗题来看，就给人好奇质疑之感，"甜蜜"是美好、温存、绵柔的感觉，"复仇"则让人联想到暴力、血腥，能用"甜蜜"来修饰"复仇"吗？诗歌中"影子"与"加点盐""风干""下酒"的新奇搭配，含蓄深挚地表达了对生命中昔日恋人、朋友以及一切挥之不去的人事的回望与留恋。其实，不独诗歌经常使用"反常"陌生的语言表达形式，一些散文中也运用变式语言表达复杂蕴藉的情感。且看史铁生《我与地坛》中对地坛环境的描写："四百多年里，它一面剥蚀了古殿檐头浮夸的琉璃，淡褪了门壁上炫耀的朱红，坍圮了一段段高墙又散落了玉砌雕栏，祭坛四周的老柏树愈见苍幽，到处的野草荒藤也都茂盛得自在坦荡。""剥蚀"了"琉璃"，"淡褪"了"朱红"，"坍圮"了"高墙"，主谓倒置的语言结构强化了三个动词的视觉冲击，凸显了地坛的沧桑破败，映衬渲染了作者"失魂落魄"的心境和情绪。如果对原文语言结构稍做变换，表达新奇的散文便可瞬间"华丽转身"为色彩斑斓的诗歌：四百多年里/它一面剥蚀了/古殿檐头浮夸的琉璃/淡褪了/门壁上炫耀的朱红/坍圮了/一段段高墙/又散落了/玉砌雕栏/祭坛四周的老柏树/愈见苍幽/到处的野草荒藤/也都茂盛得自在坦荡。诗歌语言的变形化表达富含创新特质，是创意表达的重要体现和物化方式。它切合"语言建构与运用"内涵中"交流与语境"的要义，根据交际语境和情感需要得体灵活地表达；扣合"思维发展与提升"中"提高语言运用能力，增强思维的独创性"等思维品质的课程目标；同时，也与高考作文"发展等级"中"有创意"的表达评价要求相呼应。

三、语义的精致性

除了鲜明的形象、深沉的情感、多样的技法，诗歌语言的审美性、语意的丰富性也是区别于其他文学形式的主要标志。诗歌语言的暗示性、多义性、唯美性、传诵性，远非其他文学体裁和作品可比。中国悠久灿烂的诗教传统之所以生生不息，绵远久长，与诗歌自身语言音律谐和、朗朗上口的音韵之美，同情思无尽、引发共鸣的话语体系密不可分。且不说《诗经》里"岂曰无衣，与子同袍"的高昂士气和乐观精神烛照当代、撼人心魄，《离骚》中"亦余心之所善兮，虽九死其犹未悔"的良善品质和坚韧意志穿越古今、激励后人，就是现当代诗歌中也不乏许多耳熟能详、回味无穷的"金句"妙语。"有的人活着，他已经死了；有的人死了，他还活着"告诉我们什么叫永恒和消亡；"卑鄙是卑鄙者的通行证，高尚是高尚者的墓志铭"让我们明白了卑鄙和高尚的界限；"黑夜给了我黑色的眼睛，我却用它寻找光明"让我们体会到了迷茫的痛彻心扉。诗歌里的佳词警句，既是情感的郁结，也是哲思的喷发，在品评鉴赏中能让我们感受诗歌语言、形象、情感之美，也能激发汇聚人类美好的情愫，感悟思索人生的智慧。如果学生能够借助读诗和写诗来培养诗歌精致表达、精深表达、精美表达的语言习惯与能力，则学生咬文嚼字的品读意识、字斟句酌的锤炼能力将会进一步得到涵养。无疑，这对于学生古典诗词赏析的反哺，对于写作"金句"的打造出彩，对于"审美鉴赏与创造"素养的润育都会产生积极的连锁效应和推动作用。

让我们在现代诗歌奔腾不息的春潮中亲近"最高的艺术"，在阅读鉴赏中培养学生读诗的趣味和审美的情愫，选取"最佳词语"和"最佳排列"激发和"扩展生命的活力"。

我把语用的种子埋在诗歌的原野/明年的春天/满山的野花/绽放生命的气息。

（本文发表于 2020 年 11 期《语文月刊》）

第四节　韵味无穷的"诗理"对高阶思维的淬炼

　　诗歌是时代的产物和映射，诗人是时代号角的倾听者、吹奏者。谢冕说："那些声称不为自己时代发声（或代言），而只为'未来'写作的诗人是可疑的。我始终认定，所有的诗人都离不开他的时代，都是当代诗人。李白和杜甫很伟大，他们的伟大是由于他们通过自己的诗歌保留并浓缩了唐代的精神气象。"可见，诗与所处的时代水乳交融、密不可分，杰出的诗人总是时代的见证者和表现者。他们在时代的风云变幻中，以诗歌的形式思考生活、干预社会，以批判的眼光反思自我生存困惑和社会发展的怪象，对人生和生命发出清醒的追问，对时代和社会作出理性的考察。"当蜘蛛网无情地查封了我的炉台/当灰烬的余烟叹息着贫困的悲哀/我依然固执地铺平失望的灰烬/用美丽的雪花写下：相信未来。"食指《相信未来》以暗示性的意象和含蓄情感书写了他对于那个特殊时代的焦灼感受以及美好期待。"我是一只行走的口罩/穿越大街小巷寻找盛世繁华完美解答/傻傻的水汽缭绕的雾。""抗疫"诗歌《我是一只行走的口罩》以诙谐的口吻向我们表达了疫情初期的深思。如果说诗歌中的歌颂能让我们发现现实世界的美好，那么诗歌里的批判则能使我们洞察现实生活的缺憾，二者共同组成诗歌五彩斑斓的完美篇章，但有时我们缺少的不是赞美之词，而是理性清醒的另外一种声音。

与古典诗词重在抒情言志相比，现代诗歌更多地偏重说理，强调人在自然、社会生存中的独特感悟，表达人在生命历程对人生意义和情感世界的深切思考，体现出思维的深广性和眼界的人文性。"我们分担寒潮、风雷、霹雳/我们共享雾霭、流岚、虹霓/仿佛永远分离/却又终身相依。"舒婷在《致橡树》中以清明睿智、坚决果敢的态度畅谈了她对男女角色的认识、对真正爱情的态度，这既是对比肩而立、各自独立的人格理想的宣言和追求，更是对当今时代自由平等、休戚与共的"命运共同体"精神的感召。思维的深刻性和寓意的哲理性已经穿越时代的隔膜和岁月的风尘，指向当代，回归心灵。

新诗反映现实生活的深刻性和解构时代社会的批判性与当下语文学科核心素养密切关联。在"思维发展与提升"课程目标中，强调"运用批判性思维审视语言文字作品"，"增强思维的深刻性、敏捷性、灵活性、批判性和独创性"。"思辨性阅读与表达"则要求"认清事物的本质，辨别是非、善恶、美丑，提高理性思维水平"。在平时读写训练中，如果能放开手脚，让学生以多情的目光凝望经典深邃的诗作，以诗人敏锐犀利的眼光观察生活，以理性思辨的头脑言说表达，学生的批判性思维素养、深刻表达品质和论说文的立意能力都会得到历练和精进。

（本文发表于 2020 年 11 期《语文月刊》）

第五节 多姿多彩的"诗育"对审美自信的激发

诗歌是对多彩生活的展示和呈现，是对缤纷世界的观照与发现。自有人类以来，诗歌便以文学滥觞、人文之花的地位和人类相依相伴，绵延至今，成为人类精神家园永不凋谢的风景，润泽着人们干枯的心灵，滋养着人们荒芜的精神。在公共文化产品日益丰富的今天，学生需不需要读诗呢？在谈到新诗的人文价值时，当代著名诗歌评论家吴思敬教授认为诗歌是"塑造人文精神的重要手段"，新诗所表现出来的"对学生心灵的启迪作用、感悟作用和熏陶作用是别的形式所不能替代的"。高中课标对审美功能和审美能力做出了新的解读，提出了新的要求。阅读文质兼美的诗篇，不仅"能增进对祖国语言文字的美感体验，感受祖国语言文字独特的美，增强热爱祖国语言文字的感情"，而且在咀嚼鉴赏中，还能"感受和体验文学作品的语言、形象和情感之美，具有正确的价值观、高尚的审美情趣和审美品位"。不仅要学会感受和鉴赏，还要进行"美的表达与创造"，"表达自己的情感、态度和观念，表现和创造自己心中的美好形象"。与旧教材仅仅要求阅读赏析诗歌相比，部编版新教材则在必修上册第一单元"单元学习任务"中提出了"借鉴意象选择、语言锤炼等手法"创写诗歌的高阶要求。不容置疑，这一学习目标和写作任务对部分不爱阅读诗歌，甚至疏远诗歌的同学而言，具有一定的难度和挑战性。如何完成艰难的转型，实现课程既定目标？这是每一个新课程背景下的语文教学者直面现代诗歌教学时必须正视的课题。

"知之者不如好之者，好之者不如乐之者。"要破解诗歌鉴赏和写作的困境，只有激发其兴趣、树立其信心方为良策。如利用课前5分钟由学生自选精美诗歌诵读推荐；可依托春节、清明、中秋、中华人民共和国成立华诞、五四运动纪念等重要节日、重大活动，确定主题，尝试诗歌"微写作"；可利用班级公告栏展示优秀诗作，或整理、汇集个人或班级诗歌佳作；或建立班级、年级诗社，定期举行诗歌朗诵会或研讨会；或邀请当地有影响的本土诗人分享交流创作经验；或推荐阅读《诗刊》《星星诗刊》等诗歌主流刊物或微信公众号。丰富多彩、立体生动的诗歌教学实践活动，使学生的读诗兴趣极大地被激发，写诗热情尽情地释放。笔者以"抗疫"期间热议的"科学·严谨""担当·逆行""良知·吹哨""隐私·偏见""理性·辨别""互助·团结""青年·责任"7组关键词作为核心话题，让学生自选话题写一篇时事评论或一首诗歌，从写作结果来看，两个班约有三分之一的同学自愿选择了诗歌体裁，其中在一个班的佳作中，诗歌竟然占据了半壁江山。写作实践证明，学生对诗歌有着天然的写作兴趣，诗歌作品激发出了惊人的写作才能。其实，对于学生身上喷薄而出的诗歌创作潜能和才情，无须大惊小怪。因为处于人生拔节时期的中学生，主体意识逐渐萌动，个性人格慢慢觉醒，他们涌动着激情和梦想，生长着喜怒和哀乐，对自然、社会和人生的道德观、价值观逐步形成，诉说的欲望和冲动越来越强烈。因此，中学生是憧憬读诗的，是渴望写诗的。

此外，教师零距离亲近诗歌也能对学生喜爱诗歌、创写诗歌产生积极的辐射和带动作用。笔者工作之余，有时也会自娱自乐地"浅唱低吟"一番，或者受邀为校园艺术节、"五四"青年节、"七一"建党节、150周年校庆等重要活动创作诗歌，然后朗诵排练，登台演出。诗歌写作和表演的经历，不仅在无形中改变了我内敛害羞的性格，激发了自我表现的信心，台下的学生也因此而受到诗歌的洗礼，加入了诗歌的狂欢之中，这种潜移默化的"诗教"影响显然是有力而深远的。如果能够给学生提供一次机会、一方空间，相信他们一样能在诗歌的大地上纵横驰骋，在诗意的天空中自由地飞翔。

（本文发表于 2020 年 11 期《语文月刊》）

第六节 品鉴"红色"诗歌，传承优秀文化

对比研究高中语文新旧课程标准不难发现，新课程中"坚持立德树人，增强文化自信，充分发挥语文课程的育人功能"的文化育人理念比以往任何时候都要强烈。为此课程目标在"文化传承与理解"中提出了"传承中华文化""继承、弘扬中华优秀传统文化和革命文化"的具体目标。在"中国革命传统作品研习"和"中国革命传统作品专题研讨"两大学习任务群中，分别提出了"诵读革命先辈的名篇诗作，体会崇高的革命情怀"和"精读老一辈无产阶级革命家的诗文专集，深入理解老一辈无产阶级革命家的革命精神和人格品质，感受思想和语言的力量"的学习目标与内容。

在"中华优秀传统文化""革命文化"和"社会主义先进文化"这"三大文化"的继承和弘扬中，由于时代隔膜疏离和教材篇目所限，学生最有距离感的应当是"革命文化"的传习熏陶。正是这种"距离感"和"陌生感"给"红色"诗歌的出场提供了绝佳的机会。回溯现当代诗歌发展演进历程，中国新诗的辉煌灿烂几乎是和荡气回肠的中国革命、祖国建设相随而生、相伴而行的，一部诗歌发展史就是一部革命英雄史，一部建设奋斗史。作为有担当、有抱负的青年学生，我们

143

不了解自己民族血雨腥风的历史，不熟悉自己民族可歌可泣的英雄，是可悲可叹的。"六盘山上高峰，红旗漫卷西风。今日长缨在手，何时缚住苍龙"，读毛泽东《清平乐·六盘山》，我们感悟了什么叫意气风发、胸怀天下。"带镣长街行，镣声何铿锵，市人皆惊讶，我心自安详"，读刘伯坚的《带镣行》，我们明白了什么叫意志如山、岿然不动；"取义成仁今日事，人间遍种自由花"，读陈毅《梅岭三章》，我们懂得了什么叫身处困境、理想不灭。重温"红色"经典诗歌，能让我们穿越峥嵘岁月，和历史对话，与英雄晤谈，播种理想和信念的种子，培育坚韧乐观的品质，滋养珍惜感恩的心灵，接续民族复兴的重任。这些精神财富和时代品质正是当今学生缺乏和必需的，因此青年学生沉浸体验式赏读"星星之火，可以燎原"的革命诗作正当其时，正有必要。

笔者所处之地为川陕革命根据地首府，老一辈无产阶级革命家徐向前、李先念、许世友等曾在此浴血奋战，当年巴山儿女12万人报名参加红军，4万余人英勇牺牲。境内红军遗迹留存较多，革命文化资源丰厚。在校本课程开发和设计中，我以丰富厚重的红军文化为载体，以诗歌为媒介，开设了"红色诗词，辉耀巴山"的语文综合实践活动。让学生在搜集整理红军诗歌（或类似于诗歌的标语或传唱的歌谣）中感受红军精神，在组织学生参观川陕革命根据地博物馆、红军将帅碑林、访问革命前辈和英雄模范人物中近距离学习红军精神，在自选对象、向你熟悉的一位红军战士或英模写一首诗歌的情境化表达中颂扬红军精神，通过"三环节"活动流程的实施，学生既在课程文化的濡染中磨砺了诗歌的品读和写作的能力，也在革命文化的沾溉中传承了红色基因和薪火。

伟大的时代需要伟大的书写，优秀的作品需要合宜的载体。无论是在风起云涌的革命年代，还是在如火如荼的建设、改革时期，诗人都是历史的见证者、时代的记录者，诗歌都是特定历史条件下时代风貌和国民精神的折射和回声。身逢盛世，每一个有眼界、有思想、有责任的公民都可以"诗意"地介入火热的生活，"诗性"地打量多变的社会，作为公民一分子，青年学子理当不缺。从审美趣味的培养和青年生命成长来看，诗也是必不可少的精神盛宴。毋庸置疑，青年学子阅读和品鉴"红色"诗歌正是"吸收维持生命和扩展生命活力"重要而有效的途径。

从明天起，做一个幸福的人/读诗、写诗，诗意栖居/从明天起，关心时代和社会/我有一所"红色"诗歌的房子，面向未来，春暖花开。

为了迎接诗意的黎明，诗歌的春天，我们怀揣梦想，一起出发吧！

（本文发表于 2020 年 8 月 21 日《语言文字报》）

第四章　原创诗赋赏读

第一节　古体诗赋

沁园春·岁末畅叙

龙腾九霄，

蛇舞神州，

天地日殊。

看巴山新居，

明媚如珠；

回风大桥，

身似鸿鹄。

水秀山清，

花草处处，

笑声铺满幸福路。

叹今昔，

问跨越气象，

谁来画书？

新时代启航程，

和谐民进同心同向。

市委会建创，

惠风和畅。

教师节庆，

内外传扬。

阴灵山上，

诗情荡漾，

林鸟静听歌嘹亮。

齐发愤，

花开又重逢，

欢聚一堂！

（民进巴中市委员会年终总结诗歌朗诵）

七律·十三载后偕友重上阴灵山

西风瑟瑟群情热，斜晖脉脉迎旧客。

幽幽碑帖思故人，沉沉暮鼓歌呜咽。

青春登临花绽红，白首归来霜浸额。

但得风光无限好，何须惆怅苦与乐？

读报 "三字经"

读报益，阔视野，

读与看，当区别。

苟阅读，明方法：

首泛读，知全貌；

次选读，择己爱；

后精读，为我用。

视线移，手亦动，

可圈画，可批注，

好习惯，定养成。

善交流，共分享，

或欣赏，或质疑，

谈心得，宜深入。

感悟生，应书写，

读与写，本一体。

佳词句，抄录下，

长段章，剪裁之，

勤积累，气自华。

齐协力，试办报，

尝甘苦，懂珍惜，

多历练，增素养。

学语文，养精神，

热情高，功自成。

高三赋

犬守夜，鸡司晨，蚕吐丝，蜂酿蜜。物存于世，其必有职。生处于校，学乃其本。苟不为学，愧怍于物。君或昧而问曰：学有何益？古谓"万般皆下品，唯有读书高"，此虽弗谬，然不尽义也。高三为学，利身利亲利后也。于己，寒窗耕读，播撒理想之种；一朝花开，命途春意盎然。于亲，金榜题名，回报三春之晖；他日有成，纾解父母劳苦。于后，腹有诗书，积淀文雅之风；家境厚实，助推儿女成长。独学能为众人，何以言弃？学优泽被三代，何乐不为？夫高三哉，牵一发而动全局兮！夫高三哉，搏一秋而益三世兮！

察今视昔，任艰道远。瞻顾来日，危机重重。学长风采之卓越，本科上线之恢宏，光比日月悬空，势如泰山置顶，仰望之下，实难喘息。"清北"之高度，状元之巅峰，深镂悠悠云屏，感召芸芸师生，璀璨历史，当承不辱。教育课改之推行，高考试题之变异，声似洪流奔腾，浩浩孰能御之？舟行江中，绝无退路。君或急而问曰：何以对之？无他，唯破釜沉舟，背水一战，尚有生路；仅鼠辈一族，懦弱之人，自甘沉沦。夫高三哉，续写荣耀与辉煌兮！夫高三哉，鏖战危局与绝境兮！

　　古之出征，定沙场起誓；今之壮行，当龙湖履约。一约：立志。子曰：三军可夺帅，匹夫不可夺志也。仰之弥高，钻之弥坚。有志，庶民之子马到成功；无志，富贵之家乞食街间。二约：笃行。天下大事必作于细，世间难事必作于易。打盹怠惰，尔将做梦；矢志不渝，汝则圆梦。三约：惜时。枯木逢春犹可发，人无花开再少年。莺花犹怕春光老，岂可教人枉度春？东隅已逝，桑榆非晚；昼夜惜阴，来者可追。四约：悟法。一轮夯基，二轮综合，三轮补缺。讲后巩固，练后归纳，考后反思。质疑善问，问则日有所获；切磋互进，进则彼此双赢；学贵有道，道即劳逸结合。五约：律己。且夫求木之长者，必固其根本；欲流之远者，必浚其泉源；思风之正者，必严于自律。明班校严肃之规章，创和谐雅静之风貌；摒言行放纵之张狂，树学兄学姐之风度。君或疑而问曰：为何束己？自律乃修养之始，德行为成功之本也。夫高三哉，青春驿站之约定兮！夫高三哉，鲤跃龙门之期待兮！

　　　　　　　　　　（受年级部之托为高三学生励志歌咏）

石门小学赋

　　噫嘘唏！巴城东北，回龙舞天；登高寨下，摩崖飞仙。庠序薪火，古庙点燃；五零年代，草创维艰。校舍陋简，讲习杂陈；弟子二十，先生三人。物换星移，旧迹难觅；九年学制，零五开启。羽化成蝶，奋发数代；桑田沧海，何其壮哉！

　　新时代，迈步伐铿锵；新思想，孕气象泱泱。学生成才，教师成功；学校发展，人文气浓。筑"和雅、笃学、创新、追梦"之校魂，铭"团结、活泼、求实、奋进"之懿训。师扬敬业、爱生、博学、自律之风神，生吐勤学、立志、文明、守纪之清芬。立德树人，内涵品位渐升；开放包容，个性特色日蒸。

　　硬件飞跃，服务育人；灾后重建，浴火昂奔。贤达资助，领导挂怀；何以言表，拳拳大爱。汩汩机井，浸润心田；沾溉至今，饮水思源。综合楼兮拔地起，公寓食堂展新颜；"三室"工程增素能，远程教育师俊贤。"扬帆"计划，风正潮平阔两岸；寒枝凤凰，展翅欲飞赴九天。

　　科研兴校，素养为要；提高质量，根基在教。引进杏坛新秀，搭建交流之平台；加强校本培训，膜拜名师之风采。说课赛课传佳音，文载报刊露小荷；莘莘学子入名校，目标考核越百舸。翰墨飘香，润万卷书册；姹紫嫣红，醉满园春色。

科学管理，以人本为至上；领导一心，聚开拓之力量。制度执行，求务实之效果；队伍建设，激朝气之勃勃。校园文化，和雅播撒；德美至和，才华至雅。尊学生人格，维合法权益；重健康成长，倡快乐学习。洋洋智慧，得市区之推崇；赫赫业绩，获先进之殊荣。

嗟乎！花开花谢，月圆月缺；朝如青丝，暮成白雪。春风化雨，桃李开遍；青山依旧，昔人弗见。道远任重，奋蹄扬鞭；承前启后，我辈负肩。核心价值，滋生生之发萌；传统文化，续浩浩之遗风。绘和美校园之蓝图，做幸福优雅之师生；圆城郊名校之憧憬，念教育首善之鲲鹏。长路漫漫，勇进何难？闻鸡起舞，一览众山。熠熠梦想，花开人间；豪情萦怀，是以志焉。

（应邀为小学母校忝作歌赋）

巴中中学赋

悠悠巴河，泽润万物；巍巍南龛，峭峻风骨。洋务自强，教化启智；同治七年，书院肇立。贤达慨捐，文脉始传；余姓焕文，薪火点燃。历春经秋，三世越跨；日异月更，数代奋发。云屏百年，精魂积厚；抚今怀远，梦回角楼。

近世风云，波澜阔壮；云屏志士，青史流芳。救亡图存，修武渡海入盟；平教乡建，阳初感念苍生。信仰如磐，伯坚带镣高歌；八角楼兮，红旗漫卷长夜。伟哉！先辈精神，辉耀日月；信念担当，袭承勿缺。

政权甫诞，基业待兴；教者茫茫，育乏良境。校长伯仲，无畏时艰；除旧布新，兼程赴前。改破旧之房舍，整杂乱之秩序；废体制以阔斧，重知行而并举。高瞻远瞩，力挽合并之命数；筚路蓝缕，铺垫今朝之蓝图。壮哉！青瓦平房，书声琅琅；吊脚木楼，文字激扬。翰林长廊，撒播理想；葡萄架下，瓜苕飘香。岁月峥嵘，激情澎湃；青春剪影，历历宛在。思古今之得失，察家国之衰兴；固守则山穷水尽，奋斗乃柳暗花明。

春风浩浩，融沐心田；云屏复醒，喜讯连连。八二入列，首批重点开篇；九一募捐，倡建航母嘉赞。零三启航，龙湖扬帆；零四进阶，国示有范。天开金榜，状元独步全川；一级高中，专家评估复验。模范先进虽众，奋楫不怠；集体荣誉日隆，鹄望高台。灾后重生，香港爱援展新颜；文明单位，省级蝉联蕴内涵。敬哉！继往开来，羽化成蝶；激流勇进，赫赫功业。

新时代，迈步伐铿锵；新思想，孕气象泱泱。兴文归并，均衡统筹；一校三区，深思远谋。厚德载物，树人强邦，固栋梁之根本；崇文弘道，砥砺自为，吐草木之清芬。安全旨要，生命至上；德育多彩，人格轩昂。阳光体育，声势涛涛，跆拳力发震青奥；中高之考，佳音频报，日上九天正朗照。河延万里，其源必清；树高千丈，其根也深。班子励精图治，只争朝夕；教师同风共雨，淡泊明志。执事倾情，雪中送炭有余温；社会助力，校友累捐书厚恩。喜哉！书院之桃李夭夭！美哉！云屏之洋洋风貌！

嗟乎！花开花谢，月圆月缺；朝如青丝，暮成白雪。春风化雨，姹紫开遍；楼亭依旧，昔人弗见。百川归海，殷殷翘盼；东西南北，故人逢见。荷塘蛙鸣，欢奏华诞；把酒畅叙，母校念牵。今之格局，万马千帆；道远任重，奋蹄扬鞭。绘美丽校园之图景，做幸福优雅之师生；铸全市教育之标杆，追巴蜀名校之鲲鹏。熠熠梦想，我辈负肩；豪情萦怀，是以志焉！

（巴中中学 150 周年校庆歌赋）

第二节　现代诗歌

清廉家国兴

廉洁是青青的翠竹，
搏击风吹雪压，
坚守挺拔的节操。

廉洁是亭亭的白莲，
出身淤泥秽土，
吐露高洁的芳香。

廉洁是森森的松柏，
历四季色不变，
演绎朴实的生命。

放眼神州大地，
清廉之花处处开放，

廉洁的丰碑巍然屹立！

一心只为百姓好，

不图芳名万古流，

"草原雄鹰"牛玉儒，

为我们镌刻了激情燃烧的背影。

立警为公，执法为民，

扫恶打黑，除暴安良，

"女包公"任长霞教会了我们，

对待金钱和财物的态度。

绿了荒山，白了头发，

老骥伏枥，意气风发，

"草帽书记"杨善洲，

以铿锵的行动书写了共产党员的情怀。

心底无私天地宽，

百姓利益重如山。

这是当代公仆应有的选择，

这是浩浩苍生热切的期盼。

当欲望的大海吞噬了理性的航程，

当物质的自我亵渎了高贵的人格，

家人的哭泣一次次在耳畔回荡，

爱的呼唤一声声在心中震撼。

警灯闪烁，

警笛长鸣，

带走了你的自由，

带来了我的绝望。

当荣耀变成屈辱，

当温馨变成冷漠，

我的心在瞬间撕裂，

完整的家庭轰然坍塌。

当归鸟托着晚霞掠过天空，

我在你回家的路口痴痴等待，

高墙和电网阻断了亲情，

你的迷途使我们母子千里相隔。

在幸福的人流中看不到，

我们黄昏漫步的身影。

在拥挤的校门口听不到，

孩子亲切地叫爸的声音。

中秋的月亮再圆满也是残缺，

除夕再温暖的团圆饭吃起来也心酸。

我可以扛得起生活的重担，

却扛不起孩子的自卑和遭受的冷眼。

清冷的月光照我彻夜难眠，

眼角的泪水湿透了青春的容颜。

孤独和寂寞成为生活的伴侣，

昔日的浪漫和未来的憧憬已全部冻结。

你的豪华轿车已被贴上封条，

我从前的光荣和骄傲，

已沦落为背后的奚落和嘲笑。

你高大的形象已风化成难忘的记忆。

当初开的蓓蕾经历了一场风雨，

所有的梦想和希冀零落成泥。

当天空不再湛蓝，阳光不再明媚，

年少的我似乎进入了人生的冬季。

当无情的雨水淹没了蚂蚁的巢穴，

当柔弱的幼苗失去了大树的庇护，

爸爸，女儿在无数个夜晚，

深情呼唤，呼唤着你的归来。

是什么冲毁了你思想的大堤？

是什么诱惑你掉进了财色的陷阱？

是灯红酒绿让你丧失了做人的气节，

是追名逐利使你迷失了人生的方向。

权重如山当慎用，

官清似水家国兴。

衣食父母盼跨越，

政清人和中国梦！

（廉政诗歌征文）

写给母亲

默默忍受烈日的狠毒

在田间疲惫地耕锄

汗水染黄了您的肌肤

霜白了您头发的纹路

深夜秉着火烛

灯光下密密地缝补

岁月煎熬的辛楚

定格成村头的老树

端详您蹒跚的脚步

我泪如雨注

过往的风雨寒暑

您从不苦诉

家园永不荒芜

只因有您——一粒慈爱的尘土

心中悄悄为您祈福

我踏上灵魂的救赎

　　　　　　（民进巴中华尘诗社成立诗集作品）

青春的火焰

"五四"的光芒

是青春的火焰

燃烧在广袤天宇

炙烤着沉疴旧弊

君臣父子、三从四德的枷锁

在民主、科学的呐喊中轰然坠地

赵家楼的懦弱屈辱

在爱国、进步的烈火里付之一炬

青年用激情和热血

埋葬了一个时代

以勇气和赤诚

迎来了新的黎明

青春的光芒

是信念的火焰

燃烧在学子心间

照亮云屏的天空

平民教育，博爱平等

阳初博士的情怀光耀四海

带镣长街行，志气愈轩昂

伯坚烈士的气节永不屈服

他们用理想和信念

培植云屏的厚土

他们以信仰和誓言

镌刻学长的高度

青春的光芒

是奋斗的火焰

燃烧在人生征程

璀璨生命的华章

俯首躬行，精准扶贫

秦玥飞的乡村梦想在泥土里生长

黄沙遮天，艰苦创业

绿水青山的奇迹在塞罕坝一代代绘就

他们用劳动和汗水

装扮美丽乡村

他们以执着和奉献

铺展绿色中国

165

青春的光芒

是责任的火焰

点亮公益的火把

汇聚发展的能量

扶弱济困，服务社区

那是友爱、互助的使命

"一带一路"，合作共赢

那是胸怀天下的担当

我们用承诺和行动

兑现共青团员的义务

我们以胸襟和气度

播撒世界大同的种子

青春的光芒

是创造的火焰

传承文明的薪火

烛照复兴的道路

美丽校园，幸福师生

那是百年书院的深情呼唤

社会小康，民族复兴

那是泱泱中华的绝美画卷

我们用智慧和专注

构建家乡教育的高地

我们因制裁和歧视

唤醒创新沉睡的灵魂

"五四"的精神高高飘扬

青春的火焰熊熊燃烧

我们追寻历史的足迹

青春路上永不停息

我们以青春的名义

打造人生的底座

我们用昂扬的姿态

吹响未来的号角

铭记信念，不忘初心

肩负使命，砥砺有为

创新创造，强我中华

以青春之我

创建青春之民族

以青春之我

创建青春之国家

（"五四"文艺汇演诗朗诵）

故乡的小路

路枕着山，山搂着路

故乡的小路

在大山的怀抱沉睡又惊醒

小路的两端

一头拴着过去，一头系着未来

泪水和欢笑

洒满永不停歇的足印

那一年

政权甫诞，百废待兴

执念教育的初心蓄势待发

祖父踏上小路，义无反顾

在一个又一个山村辗转、耕耘

一株株桃李姹紫嫣红，花开不败

那一年

阳光明媚，高考恢复

背负重生的梦想

父亲踏上小路，奔赴考场

在"老三届"中奋力厮杀

代课教师的殊遇

照亮了人生的另一扇窗户

那一年

体制创新，人才流动

为了开阔眼界，追求卓越

我踏上小路，走进城市

抵达以文化人、春华秋实的口岸

路连着人，人系着家

家有着梦，梦托着国

故乡的小路

一家三代的远航在你的港湾里启程

曾经踏上小路

是为了找寻精彩的世界

今天回归小路

只为不再迷路

（中华人民共和国成立70周年诗歌征文）

我从山中来

我从山中来，

我是大山深处绽放的一朵野花，

在山坡上闻着春天的气息恣意地开放。

灿烂芬芳，花开不败，

这是护花人赐予我的生命。

我是田野里游弋的一条小鱼，

在清澈的小溪里欢快地摇摆。

放鱼人深情地目送，

我的航程由溪流延伸到大海。

我从山中来，

我是被大山团团围困的山民。

沉重的大山束缚无知的脚步，

教化启智的烈火在胸中燃烧。

重归校园，一个都不能少，

你的劝说洞开了我目光短浅的眼界。

寒来暑往，跋山涉水，

你的背影支撑起大山挺拔的脊梁。

风霜雨雪刻深了你的皱纹，

却侵蚀不掉你岿然不动的信念。

我从山中来，

我是你隔山相望的伴侣，

我是你无暇顾及的亲人。

你的牵挂在山高水长中横亘四十载，

我在对面的星空与你凝望。

襁褓中的孩子嗷嗷待哺，

你的母爱长久驻扎在，

父母双亡和智障孩子的心田。

你说要构建爱的大厦，

我们和他们要一样温暖幸福。

我从山中来，

我是你真诚相待的友人。

曾经的书生意气，挥斥方遒，

已皈依为大山的魂魄。

城市的生活在你身旁斑斓，

善意的劝告在你耳畔萦绕，

你却淡然地付之一笑。

171

清贫而富有的梦想，

将你远放大山的怀抱，

那里有渴望的眼神，

斑驳的黑板和悦耳的铃声。

清苦的生活坚守了你的初心，

贫乏的物质富足了你的精神。

我从山中来，

我是教育圣火的传承人，

我是大山精神的守护者，

书香飘三代，桃李育万家。

大山回收了祖父的青春，

多彩人生在琴棋书画中吟啸。

父亲与清风明月对饮，

林间洒落满地的诗意。

我背负大山的嘱托走进城市，

肩上的使命在奋进中熠熠闪光。

花谢花开，月缺月圆，

朝如青丝，暮成白雪。

奉献的犁铧已插进生命的厚土，

收获的喜悦装满了人生的旅程。

我从山中来，

我是乡村教育的关注者，

我是乡村教师的呼吁者。

拿什么来感谢乡村教师的坚守与奉献？

热切的关爱、真诚的理解和铿锵的行动，

才是他们无怨无悔的力量。

制度和经费的保障，

环境和条件的改善，

课程和师资的建设，

是扎根大山、义无反顾的根须，

质量提高、均衡发展的硕果才会缀满山间。

单靠觉悟维系的教师，

是孤独寂寞的远行客；

蕴涵人文关怀的教育，

才是心中神往的目的地。

（教师节征文获奖诗歌）

173

青春做伴好梦来

小草破土而萌，

才憧憬出生机盎然的绿意；

百花争相吐艳，

才点缀成五彩斑斓的春色；

溪流神往大海，

才狂掀起惊天动地的浪涛；

雄鹰仰望苍穹，

才展翅于广阔无垠的天宇。

青春的号角已经吹响，

梦想的征程扬帆起航。

人生因梦想而精彩，

梦想和青春彼此拥抱。

"会当凌绝顶，一览众山小"，

杜甫匡时济世的梦想在泰山之巅回荡。

"孩儿立志出乡关，学不成名誓不还"，

毛泽东奋发有为的梦想在指点江山中激昂。

爱国进步，民主科学，

改天换地的梦想在"五四"洪流里奔涌向前。

乡村振兴，科技创新，

民族复兴的梦想在开拓奋进中热血沸腾。

梦想在青春里成长，

青春在梦想中闪光。

时光不息，生命如歌；

奋力奔跑，梦在远方。

艰难斑驳了岁月，风霜刻深了皱纹，

张玉滚走进大山，执念教育感动了中国。

天朗气清，惠风和畅，

绿色家园、生态文明的图景在山水间描绘。

一带一路，合作共赢，

命运共同体的列车在亚欧大陆飞驰。

梦想在奋进中抵达，

青春在梦想中出彩。

菁菁校园，梦想从这里起航；

青春誓言，我们在此刻重温。

树立远大理想，听从时代召唤；

热爱伟大祖国，勿忘立身之本；

175

担当时代责任，争做时代先锋；

敢于阔步前行，无惧激流险滩；

珍惜青春芳华，铸就强劲本领；

以青春之你我点亮青春之梦想，

以青春之梦想创建青春之校园，

以青春之校园托举青春之国家！

（艺术节文艺汇演诗歌朗诵）

铭记信念，追梦远方

小草执念绿意，

才铺展出生机盎然的活力；

溪流心向大海，

才喧腾起波澜壮阔的浪涛；

百花点缀人间，

才芬芳成姹紫嫣红的春色；

雄鹰搏击苍穹，

才翱翔于辽远无边的天空。

"七一"的光芒照亮南湖的游船，

精神的力量感召前进的步伐。

穿越历史的风云，

云屏信念耳畔回响。

教化启智，薪火传承，

余焕文以文化人的教育信念在书院播撒。

舍生忘死，渡海入盟，

董修武披肝沥胆的救国信念在华夏燃烧。

平民教育，乡村建设，

晏阳初治愚救弱的民本信念在寰宇闪耀。

带镣高歌，信仰如山，

刘伯坚工农解放的红色信念在长街轩昂。

家国的信念在时代中飞扬，

不朽的功业在信念里绵长。

悠悠云屏，万象更新，

梦想的火焰，燃烧至今。

追逐的身影在赛场舞蹈，

冠军的奖杯将足球振兴的梦想高高举起。

欢快的歌舞在艺术的世界沉醉，

灿烂的笑容把快乐成长的梦想洋溢在脸上。

全员赛课，厉兵秣马，

学高为师的梦想在比拼超越中升华。

居安思危，痛定思痛，

平安校园的梦想在百日攻坚中笃行。

走过风雨，走向花开，

这是百年老校重生的梦想，

这是全校师生深切的渴望。

不忘初心，方得始终，

人生因坚守初心而屹立天地。

"先天下之忧而忧，后天下之乐而乐"，

范仲淹胸怀天下的初心在岳阳楼上镌刻。

"粉身碎骨浑不怕，要留清白在人间"，

于谦清正廉洁的初心在烈火焚烧中锻造。

天朗气清，惠风和畅，

绿色家园、生态文明的初心在山水之间徜徉。

嫦娥飞月，北斗经天，

航天报国的初心在广袤的宇宙尽情遨游。

初心在党旗下鲜艳，

人格在本色中闪光。

岁月不居，时节如流；

努力奔跑，奋斗不已。

走街串巷，风雨无阻，

快递小哥忙碌的身影画出美好生活的弧线。

朔风黄沙野地寒，于无声处起惊雷，

程开甲两弹一星，扎根戈壁感动了中国。

脱贫攻坚，改善民生，

咬定目标、苦干实干的足迹在田野里跋涉。

冲破制裁，傲视偏见，

创新、超越的列车正在神州大地飞驰。

179

梦想不会自动成真，奋斗是其桥梁；

目标不会自动抵达，奔跑才有远方！

菁菁校园，蓝图从这里绘就；

铿锵誓言，我们在此刻铭记。

坚守理想信念，听从时代召唤；

勿忘本色初心，筑牢廉洁底线；

担当责任使命，争做模范先锋；

勇于砥砺奋斗，无畏艰难险阻；

珍惜美好年华，练就过硬本领；

锤炼品德修为，践行核心价值。

以青春之你我点亮教育之梦想，

以教育之梦想助力家乡之跨越，

以家乡之跨越托举民族之复兴！

（庆"七一"文艺汇演诗歌朗诵）

别问我是谁

四中全会的光辉沐浴神州

主题教育的硕果缀满枝头

增强"四个意识"

坚定"四个自信"

做到"两个维护"

坚持和完善监督体系

制约和监督权力运行

这是时代赋予我们的使命

这是纪检铁军肩负的重任

这一年，我们不忘初心，披波踏浪

这一刻，我们欢聚一堂，辞旧展望

巡察反馈，全面整改

问题线索，及时处置

法治的利剑寒气逼人

国企的腐败灰飞烟灭

全员培训，人人过关

181

有为有位，导向鲜明

长效机制在正风肃纪里巍然屹立

干部素质在一池清水中华光熠熠

别问我是谁

我们是激浊扬清、风清气正的引领者

仰不愧于组织，俯不怍于人民

善思谋而有为，守底线以清廉

"四项提升""五个突出"

监督执纪在质量发展中走深走实

破网打伞，环保问责

审查调查在精准执法中高效突破

铁面无私的威严藏不住脉脉温情

刀枪不入的自律捍卫了煌煌声誉

别问我是谁

我们是忠诚执纪、干净执法的担当者

巴山红叶滋养多情的土地

改革先锋镌刻前行的路标

居行吃穿，医疗教育

脱贫暗访的身影在大山疲惫地爬行

拓宽渠道，履行主责

信访举报的天地无限宽广

百姓的冷暖、群众的呼声永记心间

官僚主义、形式主义的歪风绝不容忍

别问我是谁

我们是一片赤诚、情系苍生的奔跑者

隐秘的战线，忘我地工作

泪湿衣衫的故事一幕幕闪现

腰椎间盘突出，击不垮你灯下疾书

家属肿瘤入院，你仍奋战在审理一线

孩儿的啼哭唤不回陌生的拥抱

老母的寿诞只收到内疚的短信

中秋、春节的团圆是乡间老屋的思念

温馨的饭桌依然有你冰冷的碗筷

别问我是谁

我们是隐姓埋名、无问西东的奉献者

抓住关键少数

集中约谈压责

"廉在指尖"，全媒公开

"阳光问廉"，现场质询

"三牌"预警的威慑在黄橙红中鸣响

廉洁文化的种子在"3D"交互里播撒

体制改革和科技手段和谐共舞

高质量发展的理念萌芽心田

别问我是谁

我们是与时俱进、拓荒探索的革新者

山水画廊,秀美巴中

诗意的画卷在青山绿水间铺展

决战脱贫,全面小康

前进的号角在意气风发中吹响

将帅碑林的信念永放光芒

八角楼上的红旗迎风高扬

这是老区振兴发展的力量源泉

这是百年奋斗目标的美好期待

别问我是谁

我们是只争朝夕、不负韶华的追梦者

（巴中纪委年终总结诗歌朗诵）

我从诗歌中走来

我从诗歌中走来

穿越"蒹葭苍苍，白露为霜"的古道

只为兑现"执子之手，与子偕老"的诺言

世俗的心啊

你为何把我的真爱伤害

我从诗歌中走来

装满一壶西出阳关的温酒

重逢桃花潭水边等待的身影

幽闭的心啊

"隔篱呼取尽余杯"已成千年的神话

我从诗歌中走来

徜徉在"明月松间照"的小径

寻觅"三秋桂子，十里荷花"的美景

短视的人啊

那青山绿水、莺啼燕舞的家园怎可毁坏

185

我从诗歌中走来

怀揣"天下寒士俱欢颜"的梦想

唯愿苍生饱暖，晴窗分茶

幸福的人啊

民生多艰的苦难你无须再叹

我从诗歌中走来

穿越"八千里路云和月"的关隘要塞

楼船夜雪驰铁马

盛世的国啊

泱泱中华吹来汉唐的雄风

我从诗歌中走来

荡一叶轻舟，伴两袖清风

仰望皎洁的星空

清明的国啊

"苍蝇"被拍，"老虎"已囚

我从诗歌中走来

眼神里闪耀着仁爱、友善、和谐的光芒

血液中奔涌着民本、爱国、清廉的情怀

匆匆的你啊

可愿与我相遇，坚守永恒的价值

（民进巴中市委核心价值观讲座有感）

第五章　经典诗文改写

　　巴中人文历史悠久，名胜古迹众多，诗词文赋记载甚详，但一些古文或因文字太长不便"悦"读，或因文字艰深难以读懂，故在忠实于原文内容和主旨的基础上，作者精选了5篇文质兼美、文道相生的文言文，以七言诗歌体式对原作进行创造性改写，让读者在轻松愉悦的阅读氛围中感受和了解巴中厚重的历史文化。

第一节　奏请赐巴州南龛寺题名表

唐·严武

　　巴州城南二里有古佛龛一所。

　　右山南西道度支判官、卫尉少卿、兼侍御史内供奉严武奏。

　　臣，顷牧巴州。其州南二里，有前件古佛龛一所。旧石壁镌刊五百余铺。划开诸龛，化出众像。前佛后佛，大身小身，琢磨至坚，雕饰甚妙。属岁绵远，仪形亏缺。乃扫拂苔藓，披除荆榛。仰如来之容，爰依鹫岭；祈圣上之福，新作龙宫。精思竭诚，崇因树果。建造屋宇叁拾余间，并移洪钟一口，庄严福地，增益胜缘。焚香无时，兴国风而荡秽；然灯不夜，助皇明以烛幽。曾未经营，自然成就。臣，幸承恩宥，驰赴阙廷。辞日奏陈，许令置额。伏望特旌裔土，俯锡嘉名。降以紫泥，远被云雷之泽；题诸绀宇，长悬日月之光。兼请度无色役、有道行者漆僧永以主持，俾其修习。

敕旨：其寺宜以光福为名，余依。

乾元三年四月十三日
（选自南龛唐代石刻和《巴州志校注》）

作者简介：严武，华州（陕西华县）人，字季鹰，中书侍郎严挺之之子，荫建议大夫。唐乾元元年（758年）至上元二年（761年）任巴州刺史。后官至黄门侍郎、剑南节度使。

文本链接：此文是严武任巴州刺史时，给唐肃宗的奏表，请求为巴州南龛寺题名。南龛古佛龛，今为全国重点文物保护单位。

巴州城南古佛龛，御史供奉^①严武奏。

微臣顷牧^②巴州城，州南二里有佛龛。

石壁镌刻五百铺^③，划开诸龛成众像。

前佛后佛大小身，琢磨至坚雕饰妙。

年岁绵远仪形损，扫拂苔藓除荆棘。

如来之容正讲佛，祈福圣上作龙宫^④。

189

精思熟虑竭诚心，增加善因种善果。

建造屋宇三十间，福地洪钟添胜缘。

焚香荡秽兴国风，燃灯烛幽助皇明。

未曾经营自然成，幸承恩宥赴阙廷⑤。

辞日⑥奏陈令置额⑦，伏望特旌⑧赐嘉名。

降以紫泥⑨被恩泽，题诸佛寺悬日月。

兼请度牒⑩有道僧，漆永住持以修习。

其寺宜以光福名，余依所奏感敕旨⑪。

（本诗由严武《奏请赐巴州南龛寺题名表》改写而成）

【注释】

①御史供奉：严武曾任侍御史内供奉。

②顷牧：顷，不久；牧，刺史亦称州牧，此为动词，主管之意。

③铺：指供奉佛像的小单元，南龛佛像为一佛一铺。

④龙宫：神话中龙王的宫殿，这里代指像龙宫那样的寺庙。

⑤阙廷：朝廷。

⑥辞日：指严武入朝觐见后辞别之日。

⑦置额：在南龛设置由皇上敕旨命名的匾额。

⑧特旌：旌，本义为表彰，这里引申为照顾。

⑨紫泥：皇帝诏书封口，规定用紫泥，这里指代诏书。

⑩度牒：封建时代对合格僧人发的证明文件。

⑪敕旨：诏书的旨意。

第二节　击瓯赋

唐·张曙

宋玉《九辨》曰"悼余生之不时"，今余不时也。甲辰，窜身巴南，避许溃师。郡刺史甚欢，接眷。一日，登郡南楼，下临巴江。馔酒张乐，以相为娱。筵间，有马处士，携善击瓯者至。请即清谦，爰骋妙技。处士审音以知声，余审乐以知化。斯可以抑扬淫放，顿挫匏竹，运动节奏，出鬼入神。太守请余赋之。余曰"不图为乐之至于斯也"。酒酣醋笔，乃为之赋云。

器之为质兮白而贞，水之为性兮柔而清。水投器而有象，器藉水而成声。始因心而度曲，俄应手以征情。莫不吹箫秉龠，撇捩纵横。胡不自匏丝而起？胡不从金石而生？孰为节奏？乐我生平。何彼秾矣？高楼燕喜！叩寂含商，穷元咀徵。拂绮井以联翥，送枫汀之靡迤。

岩隈有雪，彪咻而雕虎扬睛；潭上无风，捷猎而金虬跋尾。目运心语，波回浪旋。似欲奋而还驻，若将穷而复联。得不似惊沙叫雁，高柳鸣蝉？董双成青琐鸾饥，啄开珠网；穆天子红缰马解，踏破琼田。愕眙衡盱，神清调古。既嗟叹之不足，谅悲哀以为主。誓不向单于台畔、和塞叶胡笳；定不入宋玉筵中、随齐芋楚舞。疾徐奋袂，曲折萦组。潺湲下陇底之泉，呜咽上浔阳之橹。莺隔溪而对语，一浦花红；猿袅树以哀吟，千山月午。斯皆从有入无，妙动元枢。滟飓，则水心云母；叮当，则杖杪珍珠。于是，发春卉，骇灵妹。羞杀兮钿筝金铎，愁闻兮鬼啸神呼。于斯时也，曲阕酒阑，烟迷雾隔。览故步以踟蹰，有余声而滴沥。临流而欲去依依，转首而相看脉脉。

太守曰："遘此良辰，好乐还淳。讽赋已劳于进牍，讴歌为序其芳尘。"余乃歌曰："江风起兮江楼春，千万里兮愁杀人。楼前芳草兮关山道，江上孤帆兮杨柳津。是何觊我兮击拊？孰眷我兮殷勤？回首而渔翁鼓枻，凝目而思妇沾巾。夫当筵一曲，人生一世，何纷糅乎兴亡？何较衡乎隆替？飘缨宜入醉乡来，自识天人之际。"

（选自《巴州志校注》）

作者简介：张曙，祖籍南阳（今河南省南阳市）人，唐中和四年（884年）寓籍巴州。大顺二年（891年）登进士第。据阆中贡院史料称光启二年（886年）或龙纪元年（889年）考中状元。官左拾遗。传说张曙小字阿灰，四川成都人，在巴州时创立"丹梯书院"。

文本链接：此赋写于唐僖宗中和四年（884年）作者初来巴州时。他对击瓯者高超而感人的技艺，优美而动听的乐曲，进行了热情的赞扬。他采用李颀、李贺、白居易描写音乐声响的手法，以各种客观形象来表达主观感受，以视觉来形容听觉，又以听觉化出视觉，从而把有声无形的音乐描写得如此形象鲜明，令人惊叹。作者在序言及篇末，也写了自己生不逢时"对酒当歌，人生几何"的感慨。

宋玉《九辩》①述其志，今余亦悼生不时。

甲辰避师②串巴南，刺史甚欢接家眷。

登郡南楼③临巴江，馔酒张乐④以相娱。

处士同携善瓯者，清雅宴会骋妙技。

处士审音以知声⑤，余审音乐以知化⑥。

抑扬顿挫匏竹⑦鸣，出鬼入神有节奏。

太守请余歌赋之，酒酣挥笔书至乐。

陶瓯乐器白而坚，水之为性柔而清。

水之投器而有象，击瓯水舞而有声。

始因心感而度曲，俄随巧手奏深情。

吹箫执笛意纵横，声从匏丝金石起。

孰为节奏乐生平？高楼欢宴何其盛！

叩寂含商⑧品五音，穷元咀徵⑨探变化。

拂藻井如鸟翻飞，过枫岸靡迤⑩达远。

山岩有雪虎扬睛⑪，潭上无风虹翘尾。

目运心语波浪旋，乐声四起断复联。

声似雁鸟惊风沙，懒蝉高柳有噪鸣。

王母侍女青鸾饥，啄开珠网声清脆。

周王骏马解红缰，踏破琼田^⑫音雄壮。

举目凝视眉张扬，神清调古气高雅。

既嗟叹之不足兮，揣度悲哀以为主。

不和胡笳之俗乐，非入筵齐竽楚舞^⑬。

奋袂敲击以疾徐，婉转曲折而调音。

潺湲似陇底之泉，呜咽赛浔阳之橹。

黄莺隔溪而对语，树猿哀吟于山月。

乐声从有以入无，妙夺天机浑然成。

瓯内清波如云母，叮当之声似挂珠。

奏发春卉^⑭之和乐，灵姝^⑮惊骇于绝技。

羞杀兮钿筝金铎^⑯，愁闻兮鬼啸神呼。

曲终酒阑烟雾隔，故步踯躅声滴沥。

临流欲去情依依，转首相看意脉脉。

太守赞曰遇良辰，讽赋进牍^⑰歌芳尘^⑱。

余歌江风江楼春，千万里兮愁煞人。

楼前芳草关山道，江上孤帆杨柳津。

何赐吾兮击瓯乐？孰眷我兮斯殷勤？

渔翁击桡莞尔去，思妇凝目泪沾巾。

194

当筵一曲世难有，何较兴亡与隆替⑲？

飘缨⑳宜入醉乡来，自识天意与际遇。

（本诗由张曙《击瓯赋》改写而成）

【注释】

①《九辩》：宋玉，战国楚人，屈原弟子，悲其师放逐，乃作《九辩》以"悼余生之不时"。

②避师：逃避劫掠郡邑、无恶不作的叛军。

③南楼：羊士谔所建"南馆林塘"。

④馈酒张乐：馈酒，设置酒宴；张乐，演奏音乐。

⑤审音以知声：审听乐曲音调的清浊高下，就知道时人的所感所发。

⑥审音以知化：审听乐曲情调，就了解当地的风俗教化。

⑦匏竹：八音乐器之一，指笙、竽、箫、笛之类乐器。

⑧叩寂含商：叩寂，研究无声的静止情景；含商，商为五音之一，即品味商音之意。

⑨穷元咀徵：穷元，寻根追溯元音；咀徵，咀嚼徵音。

⑩靡迤：连绵不断貌。

⑪扬睛：露出明亮的眼睛。

⑫琼田：玉田。

⑬齐竽楚舞：齐竽，齐宣王喜听吹竽；楚舞，楚灵王爱看

195

细腰女子舞蹈。

⑭春卉：春草。

⑮灵姝：即灵娲，善鼓琴。

⑯钿筝金铎：钿筝，饰有金花之筝；金铎，金属制成的大铃。

⑰讽赋进牍：讽赋，宜于背诵吟咏的赋文；进牍，写在纸上送陈长官的文字。

⑱芳尘：美好的踪迹。

⑲隆替：兴盛和衰废。

⑳飘缨：飘，飞动貌；缨，系结帽子的带子，即解开帽缨之意。

第三节　贤乐堂记

宋·宗泽

巴别乘治廨之北，有地数亩，荒秽不治，其日久矣。自熙宁命倅以来，凡更二十余政。间有好事者，足迹及之，往往掩鼻蹙额，唾之而去。其他则未尝过而问也。

宣和六年春，朝廷以仆承之郡贰，视事屡月，日有暇矣，因一访焉。为之踌躇四顾，怡然有得于心者。噫！天下佳处，尝藏于众人不识之地。而臭腐化为神奇，且物有是理。则兹境也，未必不待我而后显？又乌知仆之意不出于造化之所使耶？

于是，斩荆棘，锄蓬茅，易败坏，泄汙潦，因高而基之，就下而凿之。首构一堂，独擅群胜。四山回环，如列屏嶂，争雄竞秀，来人目中。岩花春盛，木叶秋落，于此可以鉴荣谢；岫云朝出，林翮暮归，于此可以喻出处。非特是也，堂之东浚为方池，植竹以环其峰，强名曰"竹溪"。临溪为小阁，曰"思逸"。于是可以想见徂徕之侣，依翠阴，俯清涟，放浪沉饮，高吟大笑于清圣浊贤之间，脱然远迹于声利之场也。堂之西，洄为曲池，种桃以复其岛，强名曰"桃溪"。跨溪为小桥，目曰"访隐"。于是可以想见武陵桃源，流水莹碧，落英泛红，渔舟之子，访昔隐人，夜半月明，魂清骨冷，洒然如出风尘之外也。堂居其中，众美并见，因榜之曰"贤乐"。

有客登堂而笑曰："贤者之乐固如是乎？"仆因莞尔应之曰："然！客固不知也。昔者恶木蔽天，不翦不伐，枭鸱捷鸣于其上，今则桃李成蹊，松柏如盖，春莺鸣，秋鹤唳矣。昔者蔓草据地，不芟不夷，蛇虺蟠伏于其下，今则兰杜夹径，芙蕖满塘，鸳鹭游，嘉鱼跃矣。方时序之良，景物之美，揖宾友而进之，游目堂上，纵步堂下，无复败人意者，赏心油然生矣。或举白痛饮，或挥麈剧谈，或射、或弈、或琴、或啸，披襟清径，弄花香渚，终日与鱼鸟相乐，怳然无异濠梁之观，海上之游也。此其所乐，人之所同者也。若曰是地不过数十步，山得无谢昆仑之高乎？水得无谢云梦之大乎？堂得不为大厦耽耽者羞乎？不知一拳之石，与泰山同体，一勺之水，与沧海同性。堂高数仞，榱题数尺，亦古人得志者所不为。而吾耳目所寄，方寸所寓，自有至大者存，虽在环堵之间，旷兮曾无异乎广漠之野，无何有之乡也。此之所乐，己之所独也。人之所同，其乐自外，己之所独，其乐自内。二境虽不同，要知非贤者，则不与知也。"

客改容谢曰："斯堂之名，真得之矣！余内外俱进矣，愿纪之以告予之俦！"仆曰"诺"！于是乎书。

（选自《巴州志校注》）

作者简介：宗泽，婺州义乌（今浙江金华市义乌）人，字汝霖，宋元祐六年进士，才兼文武，累官开封府尹、东京留守、副元帅（元帅为康王赵构），主战派抗金名将。宣和元年（1119 年）"改建神霄宫不当"罢职。宣和六年（1124 年）判巴州。靖康元年（1126年）离巴州，知磁州。

文本链接：此文先叙建筑"贤乐堂"的经过，斩荆棘，泄汙潦，构堂置景，化腐朽为神奇；后设客问，阐明"独乐共乐"、"内乐外乐"的辩证关系以及命名"贤乐堂"的意义。通篇条理清晰，文辞优美，能激发人们立定宏伟志愿去改变环境和改造世界。

州廨①之北地数亩，荒秽不治②其日久。
熙宁设置州刺史，凡更二十别驾③官。
掩鼻蹙额唾之去，鲜有足迹过而问。

宣和六年余视事④，日有闲暇因一访。
踌躇四顾⑤心怡然，天下佳处藏不识。
臭腐化而为神奇，物有是理莫须惊。
兹境待我而后显，仆意⑥岂非造化使？

斩荆锄蓬泄死水，因高而基凿池渠。
先构一堂正中处，独占首位于群胜。
四山回环如列屏，争雄竞秀人目中。
花盛木落鉴荣谢，云出鸟归知进退。
浚池植竹曰竹溪，临溪小阁名思逸。
往来之侣依翠阴，放浪沉饮俯清涟。
高吟大笑清浊间，脱然⑦远迹声利场。

199

堂西种桃覆其岛，跨溪为桥曰访隐。

武陵桃源流水碧，落英泛红渔舟唱。

魂清骨冷月夜明，洒然如出风尘外。

堂居其中众美见，因题匾额名贤乐。

有客登堂而笑问，贤者之乐固如是？

仆因莞尔应之曰，客固不知诚如斯。

昔者恶木不剪伐，枭鹰猎食鸣其上。

今则桃李成蹊径，松柏如盖春莺鸣。

昔者蔓草据于地，蛇蟠虫伏不夷除。

今则兰杜夹芳径，鹭游鱼跃荷满塘。

时序之良景物美，揖宾⑧邀友而进之。

游目堂上无败意，纵步堂下赏心生。

举杯痛饮拂尘谈，射弈琴啸以相娱。

披襟清径弄花香，终日相乐与鱼鸟。

濠梁之观⑨鱼从容，此其所乐人所同。

是地不过数十步，山无昆仑之高乎？

水无云梦之大乎？堂不羞于大厦乎？

拳石之体同泰山，一勺之水性如海。

堂高数仞檐数尺，古人得志所不居。

耳目方寸所寄寓⑩，自有至大存于心⑪。

虽处环堵陋室中，无异广漠之旷野。

此之所乐己所独，内外之乐有殊异。

200

人之所同乐自外，己之所独乐自内。

二境不同贤者知，非贤不知此境异。

宾客改容而谢曰，斯堂之名得之矣。

内外俱进感于言，愿记贤乐告朋辈。

仆疾应声爽然诺，于是纪而书斯文。

（本诗由宗泽《贤乐堂记》改写而成）

【注释】

①廨：官吏办事之地。

②不治：未加整治。

③别驾：宋称通判为别驾。

④视事：到职任事。

⑤踌躇四顾：欲行又止地四面观望。

⑥仆意：我改造环境的意志。

⑦脱然：超脱貌。

⑧揖：拱手行礼。

⑨濠梁之观：庄子、惠子观鱼于濠梁之上，后以濠梁代指逍遥闲游之所。

⑩耳目方寸所寄寓：耳目所寄，即耳目所寄托的东西；方寸所寓，即内心所寄托的事情。

⑪自有至大存于心：还有比景物更重大的意愿存在于心。

第四节　巴灵台赋

清·吴道凝

蚕丛之北，嘉陵以东，星分井鬼，境阖洪濛。增蜀疆之保障，显壁山之化工。奇峰突兀，跃天马于云汉；灵台高悬，列翠屏于碧空。若玉削兮，非关五丁之凿；似书案兮，迥胜二酉之崇。夜光起而星斗近，晓声发而鼓角洪。风盘宿烟，疑鹤盖之常满；月依孤岭，想蟾宫之可通。

尔乃纲维两郡，荫庇万家，影飞素练，形卧莲花。通云梯于帝子，炼金石于女娲。东望扶桑，西指流沙。南俯视乎云梦，北仰戴乎京华。类峨眉之积雪，分江汉之落霞。既亭亭而直立，抑硗硗而无加。接银汉之精液，光流五彩；拔金山之秀峙，瑞凝三巴。

故其层峦叠嶂，气象峥嵘。栖摩天之秋隼，迁细柳之春莺。四围陡峭兮，啼猿绝少；片石浑沦兮，工匠经营。危径与洞扉同穿，鸟道共鹊桥更横。流萤飞出，睹灯光之普照；暮笛吹来，听羽客之纵笙。松柏蔚其葱郁，竹箭焕其菁英。比诸瀛洲而无异，堪与瑶岛而齐名。

若夫坐镇金阙，锁钥玄关。为鬼神之奥区，列森罗于仙班。龟蛇为畜，星旗常娴。桂籍同孝友之甲第，杏林起龙虎之斑斓。甘露遍洒兮，杨柳沾琼浆以染绿；春信泄漏兮，寒儒庇广厦而欢颜。掣电成鞭，驱来万群野马；拖虹为带，界破一色青山。

况乎殿阁凌虚，栋宇奇异。望气来关尹之迎，贾勇生文公之悸。坚柱则雾绕巉崖，砌瓦则云连险巇。耸檐牙于树杪，警墙脚为古记。风雨骤至兮，鸳鸯齐吐瀑布泉；冰雪乍结兮，方圆尽成圭璧器。岁时宏开寿域，不羡海外之洞天；亿兆同登春台，实为寰中之福地。

所以香炉献彩，永乐长宁。落桂子于宝峰，插金花于锦屏。化鱼为钥，寒牛为扃。白鹤为驭，红铜为铃。走铁神于山巅，沉佛钟于水汀。道姑北面稽首，仙人掉背游行。大鹿小鹿兮，衔花百朵；南山北山兮，祝寿千龄。璇盘浴日兮，近吸乎江口；马槽腾蛟兮，远驾乎英灵。

于是氤氲蓬勃，维岳降神。梦长庚兮，积善之家；投玉燕兮，盛德之民。觐植槐兮，子孙锡爵；问伐桂兮，祖宗累仁。赏题桥之司马，罚挟策之苏秦。薄元亭而不取，爱东坡以为邻。占鳌头，喜鹏程。贡席珍，坐丹宸。久请命于上帝，应诞生夫伟人。

然而泰运方隆，巍巍功业。燕都新黄金之台，岱宗垂白玉之碣。纬地经天，物阜民悦。皋夔翊赞乎彤庭，龚黄旬宣乎岩穴。凤凰鸣于高岗，气东出乎山凹。虽封禅之所未及，宜嶙峋之所必列。是辩石钟之真，非洒荆璞之血。愧无终军之才，欲表眉阳之惑。养士必得士，心独依乎君学；出山可至山，愿共勉乎豪杰。

（选自《通江历史人物诗文选》）

作者简介：吴道凝（约 1728—1810 年），今四川省巴中市平昌县灵山镇草坝村人。清乾隆庚辰恩科举人，曾授顺天府房山县知县、华阳教谕。工书法，擅骈文，所作《巴灵台赋》流传甚广。相传乾隆皇帝读后盛赞其文，并赏慕巴灵台秀丽风光，曾拟御驾亲临，无奈当时蜀道险阻，未能如愿。

文本链接：巴灵台位于平昌县灵山乡，现巴灵寨石壁上仍留存其手迹"巴灵台"三个石刻大字。

蚕丛之北嘉陵东，星分井鬼①境鸿蒙②。

增益蜀疆之保障，更显壁山③之化工。

奇峰突兀跃天马，灵台高悬列翠屏。

若玉削凿非五丁，似书案兮崇二酉④。

夜光起而星斗近，晓声发而鼓角洪。

风盘宿烟满鹤盖，月依孤岭通蟾宫。

纲维两郡⑤庇万家，影飞百练似卧莲。

通连云梯于帝子，锤炼金石于女娲。

东望扶桑⑥以达远，西指流沙⑦而游目。

南俯视乎云梦兮，北仰戴乎京华兮。

状类峨眉之积雪，巧分汉江之落霞。

既亭亭而直立兮，或山石硬瘠无加。

光流五彩接银汉，秀拔金山⑧瑞三巴。

气象峥嵘峦叠嶂，春莺柳迁秋隼⑨栖。

四围陡峭啼猿少，片石囹圄工匠营。

危径与岩扇同穿，鸟道共鹤硚更横。

灯光普照流萤飞，羽客纵笙暮笛吹。

松柏蔚荫其葱郁，竹箭焕发其菁英。

比诸瀛洲而无异，堪与瑶岛而齐名。

坐镇金阙锁玄关⑩，鬼神腹地列仙班。

桂籍⑪同孝友甲第，杏林⑫起龙虎斑斓。

甘露遍洒柳染绿，春信泄漏寒儒欢。

掣电为鞭驱万马，拖虹为带破青山。

殿阁凌虚宇奇异，仙气倏来关尹⑬迎。

坚柱则雾绕巉崖⑭，砌瓦则云连险阻。

高耸檐牙于树梢，警惊墙脚为古记。

风雨骤至鸳吐瀑，圭璧之器⑮结冰霜。

岁时之宏开寿域，不羡海外之洞天。

亿兆之同登春台，实为寰中之福地。

香炉⑯献彩于四方，永乐长宁⑰于巴蜀。

遗落桂子于宝峰⑱，立插金花于锦屏⑲。

化鱼⑳为钥斗为扃㉑，白鹤㉒为驭铜作铃。

飞走铁神㉓于山巅，实沉佛钟㉔于水汀。

道姑㉕北面而稽首，仙人掉背以游行。

大鹿小鹿㉖衔百花，南山北山㉗祝千寿。

璇盘㉘浴日吸江口㉙，马槽㉚腾蛟驾阴灵㉛。

氤氲蓬勃绕云气，维岳降神入仙境。

积善之家梦长庚㉜，盛德之民投玉燕㉝。

子孙赐爵觐植槐㉞，祖宗累仁问伐桂㉟。

宜赏题桥㊱之司马，当罚挟策之苏秦㊲。

远薄元亮㊳而不取，挚爱东坡㊴以为邻。

独占鳌头喜鹏程，贡荐席珍㊵坐丹宸㊶。

请命上帝生伟人，泰运方隆功业巍。

燕都新黄金之台㊷，岱宗垂白玉之碣㊸。

纬地经天成大业，物阜民悦处盛世。

皋夔辅赞乎朝廷㊹，龚黄喻晓于岩穴㊺。

凤凰和鸣于高岗，气东幽出乎山凹。

愧无终军㊻之大才，欲表眉阳之迷惑㊼。

虽封禅所未企及，宜带砺所必位列。

是辨石钟之真假，非洒荆璞之凄血㊽。

养士得士依君学，出山至山愿共勉。

（本诗由吴道凝《巴灵台赋》改写而成）

206

【注释】

①井鬼：井鬼为天上二十八宿中的两个星宿。

②鸿蒙：广大貌。

③璧山：在通江县城南。巴灵台原属通江，其山脉与璧山相连。

④二酉：即大酉山和小酉山，在湖南省。

⑤两郡：即巴中、通江两县。

⑥扶桑：指日本。

⑦流沙：指我国西北的沙漠地区。

⑧金山：金山寺，在通江县石庙乡境内。

⑨隼：鸟类之猛禽。

⑩玄关：居室或寺院的外门，此言巴灵台为军事要地。

⑪桂籍：科举登第人员的名籍。

⑫杏林：中医界代称，此指孙思邈炼药地。

⑬关尹：道家重要代表人物。

⑭巉崖：高而险的山岩。

⑮圭璧之器：本为诸侯朝聘或祭祀所执的玉器，此写冰霜中的巴灵台。

⑯香炉：香炉山，在通江县石庙乡境内。

⑰永乐长宁：永乐寺、长宁寨，在通江与巴州接壤处。

⑱宝峰：宝峰山，在今巴州市奇章乡境内。

⑲锦屏：锦屏山，在阆中境内。

207

⑳化鱼：化鱼寺，在通江县铁佛乡境内。

㉑扃：门户。

㉒白鹤：白鹤寺，在通江县铁佛乡境内。

㉓铁神：铁神山，在平昌县土兴乡境内。

㉔佛钟：佛钟滩，在通江县铁佛区双泉乡境内。

㉕道姑：道姑山，在平昌县境内。

㉖大鹿小鹿：大鹿山和小鹿山，在平昌县双鹿乡境内。

㉗南山北山：南山寺和北山寺，在平昌县得胜镇境内。

㉘璇盘：璇盘山，在巴州区石门乡境内。

㉙江口：江口镇，平昌县城。

㉚马槽：马槽溪，在平昌县灵山乡境内。

㉛阴灵：阴灵山，在巴州区枣林乡。

㉜长庚：金星别名。

㉝玉燕：燕子的美称，传说中预兆生育贵子的白燕。

㉞觐植槐：觐，臣民朝见君主或宗教徒朝拜圣地；古时槐被视为"禄"的象征。觐植槐即为对官位、福禄的敬奉。

㉟问伐桂：伐桂即折桂，登科第之意。

㊱题桥：司马相如初入长安，过升仙桥，题柱曰："不乘高车驷马，不过此桥。"言对有志之士应赏。

㊲苏秦：虽盛极一时，而终告失败，其策不可取，故曰罚。

㊳元亮：陶潜，字元亮，不为五斗米折腰，作者以为应予

鄙薄。

㊴东坡：宋著名词人，屡官屡谪，作者认为应向他学习。

㊵席珍：座席上的珍宝，比喻儒者美善的才学。

㊶丹宸：宫殿，朝廷。

㊷新黄金之台：黄金台，在河北省大兴县东南，为燕昭王所筑，以招天下名士。新黄金台，指清初招天下名士。

㊸岱宗垂白玉之碣：岱宗，泰山别称；白玉之碣，为皇帝寻访时所留下的墨迹。言当朝正广泛走访贤人。

㊹皋夔辅赞乎朝廷：皋陶与夔因辅助朝廷贡献大而受到赞誉。

㊺龚黄喻晓于岩穴：龚遂，黄霸，均为西汉人，爱民重农，政绩较好，岩居穴处的老百姓都家喻户晓。

㊻终军：西汉济南人，少好学，18岁被选为博士弟子。

㊼眉阳之迷惑：眉连、阳都二位神人的迷惑。

㊽荆璞之血：荆，指古时楚地；璞，未经雕琢的美玉；血，指卞和之血。春秋时楚人卞和在山中得一璞玉，先后献给厉王和武王，被认为是石头，以欺君之罪而断其左右足，后献之文王，割璞得玉，称为"和氏璧"。

第五节　巴州凌云塔记

清·恒昌

　　道光七年夏，萧山陆画村来刺巴州，越三年政修人和，百废俱举。士民请募建塔于州东南山顶，复捐廉为之劝。塔高一十三丈，广围九十六步。培地脉即以茂文风、盛科名也。落成名曰"凌云"。州士谢一鸣等乞余文以记。

　　余既乐刺史安催科之拙，甘抚字之劳，葺汉义烈严公之祠，修明忠义卢公之墓，而更增书院膏火以宏教化、作育人材。而其士民亦各化使君之德，惴惴焉惟恐文风科名之不振，无以答使君造就之仁。爰谋为宝塔以启之，则其官民相见以心最深也，其多士争自濯磨方始也。字水炳灵，巴山毓秀，文风有不日茂，科名有不日盛者乎！抑余更有进者，庠序之教士也先德行而后文章，山岳之钟灵也首功烈而次科第。州人士生逢右文之日，得贤使君振兴其精神，吾知鼓箧肄业应试乡会者，必咸工为文以鸣国家之盛，而谒严将军之庙，登忠义之堂，皆足以激发志气，慨然与州之贤士大夫争芳名于千古。则斯之建又岂仅文风科名之一助云尔哉！知保宁府事长白恒昌撰。时道光十年庚寅嘉平月四日。

（选自《巴州志校注》）

作者简介：恒昌，长白人，时知保宁府。余无考。

文本链接：巴中白塔，原名凌云塔，在四川省巴中市。白塔耸立高崖，俯视巴河，鸟瞰全城。塔呈平面八角形，13层，高43米，建造于道光十年（公元1830年）。白塔结构内部用石，外部用砖，砖石合砌。内部石梯为螺旋式，共11层。白塔每层用砖砌出券窗8个，塔内每层有石造塔室1个，建筑质量坚固。2012年7月，被四川省人民政府公布为四川省第八批省级文物保护单位。

萧山刺史陆画村^①，道光七年知巴州。

政修^②人和百废举，士民请募建寺塔。

塔居东南之山顶，慷慨捐廉为之劝^③。

塔高一十又三丈，广围九十有六步。

培地脉^④以茂文风^⑤，建高塔而盛科名^⑥。

落成美名曰凌云，州士谢举^⑦乞余记。

余乐刺史安^⑧催科^⑨，为民抚字^⑩甘心劳。

葺义烈严公之祠^⑪，修忠义卢公之墓。

增书院膏火宏教，承先贤崇德育材。

士民各化使君德^⑫，惴惴惟恐负其意。

文风科名之不振，造就之仁无以答。

谋为宝塔以启之，官民相见最真心。

巴山毓秀字水灵，文风科名岂不盛？

庠序之教有轻重，德行为先后文章。

山岳钟灵⑬示厚薄，首功业而次科第。

州人士生尚文治，得使贤君振精神。

鼓箧肄业试乡会⑭，为文以鸣国家盛。

拜谒严将军之庙，激发浩然之志气。

登仰忠义之高堂，传颂芳名于千古。

斯塔之建蕴深意，仅助文风科名哉？

道光十年十二月，保宁知府恒昌撰。

(本诗由恒昌《巴州凌云塔记》改写而成)

【注释】

①陆画村：陆成本，巴州知州。

②政修：政治修明。

③捐廉为之劝：清代于官吏正俸之外按职务等级另给养廉银，以培养廉洁的操守，捐廉就是捐送养廉银用于修塔；为之劝，以知州的带头行动去劝募老百姓。

④培地脉：培植地形、地势和山脉。旧时认为培地脉可以使文风科名兴盛起来。

⑤文风：指具有礼乐制度所规范的风俗。

⑥科名：中科举的名额。

⑦谢举：即谢一鸣，巴州举人，曾参与修纂巴州志。

⑧安：满足。

⑨催科：催租税，租税有法令科条。

⑩抚字：抚养爱护。

⑪严公之祠：三国严颜的祠堂。

⑫士民各化使君德：化，感化；使君，对陆成本的尊称。句意为士民皆为陆知州的德泽所感化。

⑬钟灵：天所赋予的灵气。

⑭鼓箧肄业试乡会：鼓箧肄业，鸣鼓开箧修习学业；试乡会，清制省考为乡试，京都为会试，意为参加省考、京考。

第六章　群文议题诗歌鉴赏

第一节　送友怀人

1. 阅读下面一首诗，完成后面的练习（答案在本章末。下同）。

九月十日郡楼独酌

唐·羊士谔

掾史①当授衣，郡中稀物役。

嘉辰怅已失，残菊谁为惜。

棳轩②一尊③泛，天景洞虚碧。

暮节④独赏心，寒江鸣湍石。

归期北州里，旧友东山客。

飘荡云海深，相思桂花白。

【注释】

①掾史：州郡长官以下办理文书、刑名、钱粮等佐理人员，统称掾史。

②棂轩：有格子的窗户。

③尊：同樽。

④暮节：重阳节。

（1）下列对这首诗的理解和赏析，不正确的一项是（　　）。

A. 三、四句以残菊的凋零衬托作者自己怅然若失的孤独形象。

B. 美酒满溢横流，天色碧蓝而明澈，面对如此美景，作者无比沉醉、欢愉。

C. "飘荡"一词语义双关，既写出了作者自身的仕途经历，也描摹了云海的游移不定。

D. 全诗以景物串联情感，寓情于景，情景交融，深沉地表达了对故土和友人的思念之情。

（2）"暮节独赏心"一句在全诗情感脉络中起着重要的作用，试简析其作用。

2. 阅读下面一首诗，完成后面的练习。

奉寄别马巴州

唐·杜甫

勋业终归马伏波^①，功曹非复汉萧何。

扁舟系缆沙边久，南国浮云^②水上多。

独把鱼竿终远去，难随鸟翼一相过。

知君未爱春湖色，兴在骊驹白玉珂^③。

【注释】

①伏波：东汉名将马援，封伏波将军。此处以伏波代指巴州刺史马某。

②浮云：马名，《西京杂记》载，汉文帝有良马九匹，一名浮云，此处代指很快的船。

③骊驹白玉珂：骊驹，青黑色的骏马；白玉珂，马络头上用玉做成的可以发出音响的饰物。大臣谒见皇帝，即乘骊驹马，饰白玉珂。

（1）下列对这首诗的理解和赏析，不正确的一项是（　　）。

A. 首联借用"马伏波"和"汉萧何"的典故，委婉表达了作者自己壮志难酬。

B. 颔联以"扁舟""浮云"两个意象写出了自由自在、洒脱无拘的形象。

C. 五、六两句主要从"独把鱼竿"和"难随鸟翼"两个方面交代了不能送别朋友的原因。

D. 尾联含蓄地表达了作者对友人马巴州人生志趣的评价。

（2）这首诗歌表达了作者哪些情感？请简要分析。

3. 阅读下面两首诗，完成后面的练习。

九日奉寄严大夫

唐·杜甫

九日应愁思，经时冒险艰。

不眠持汉节，何路出巴山。

小驿香醪嫩^①，重岩细菊斑。

遥知簇鞍马，回首白云间。

【注释】

①香醪嫩：醪，未去酒糟的浊酒。刚酿出的浊酒，味道香美。

巴岭答杜二见忆

唐·严武

卧向巴山落月时，两乡千里梦相思。

可但步兵①偏爱酒，也知光禄最能诗。

江头赤叶枫愁客，篱外黄花菊对谁。

跂马望君非一度②，冷猿秋雁不胜悲。

【注释】

①可但步兵：可但，岂但、不止之意；步兵，指西晋竹林七贤之一的阮籍，此处代指杜甫。

②跂马望君非一度：跂马望君，勒住马头踮起脚尖望你；非一度，不止一次。

（1）下列对杜、严两首诗的理解和赏析，不正确的一项是（ ）。

A. 杜诗"不眠持汉节"一联，既以苏武之忠贞来比喻严武对朝廷的一片忠心，也表达出对友人严武的牵挂之情。

B. 杜诗五、六句运用细节手法，写出了作者品着香甜的美酒、观赏绚丽斑斓的野菊的愉悦心情。

C. 严诗颔联借用"步兵""光禄"典故，刻画出了一个豪放不羁、才华横溢的友人形象。

D. 两首诗歌首联在结构上都有统领全诗、奠定情感基调的作用。

（2）两首诗歌都表达出了对友人的思念和牵挂之情，但在情感的传达上却同中有异，请结合诗歌简要分析。

4. 阅读下面一首诗，完成后面的练习。

送令狐岫宰恩阳

唐·韦应物

大雪天地闭，群山夜来晴。

居家犹苦寒，子有千里行。

行行安得辞？荷此蒲璧①荣。

贤豪争追攀，饮饯出西京。

樽酒岂不欢，暮春自有程。

离人起视日，仆御②促前征。

透迟③岁已穷，当造④巴子城。

和风被草木，江水日夜清。

从来知善政，离别慰友生。

【注释】

①蒲璧：刻有蒲纹的璧。《周礼》载："以玉作六瑞，以等（区分等级）邦国。子（爵）执谷璧，男（爵）执蒲璧。"

②仆御：指仆人和驾车的人。

③透迟：连绵、长远貌。

④造：赴。

（1）下列对这首诗的理解和赏析，不正确的一项是(   )。

A. 诗歌开篇描写送行时大雪遮天盖地、晚上忽然转晴的天气变化过程，衬托了友人苦寒出行的辛劳。

B. 五、六两句写出了友人内心徘徊、行而复止的矛盾心理，但作者不希望他辞掉县令的职位。

C. "和风被草木，江水日夜清"一句，直接表达了作者对友人赴任后施行仁政的祝愿之情。

D. 本诗整篇格调低沉，郁郁寡欢，可见令狐岫对恩阳之职，是有不乐情绪的。

（2）本诗词浅意深，处处体现了作者对友人的一片真挚情谊，通观全诗，这种关爱之情表现在哪些方面？

5. 阅读下面一首诗，完成后面的练习。

送人入蜀

唐·李远

蜀客本多愁，君今是胜游。

碧藏云外树，红露驿边楼。

杜魄呼名语，巴江作字流。

不知烟雨夜，何处梦刀州①。

【注释】

①刀州：益州。

（1）下列对这首诗的理解和赏析，不正确的一项是（　　）。

A. 三、四句描写了作者送别友人时眼前所见的碧树红花的景象。

B. 五、六两句以"杜魄"和"巴江"写出了蜀道的凄凉和山水的曲折。

C. 尾联借用刀州的典故，一语双关，既抒发了对友人的思念之情，又表达了对朋友升迁的美好祝愿。

D. 从诗中可以看出，作者是到过巴州一带的，全诗主要是在为友人介绍巴州的形胜。

（2）简要赏析"碧藏云外树，红露驿边楼"写景的妙处。

（3）"碧藏云外树，红露驿边楼"一句，有的版本为"红压驿边楼"，你认为是用"压"好还是"露"妙，请简要品析。如果你认为还有更好的词语，也请说明理由。

第二节　梦里乡土

6. 阅读下面两首诗，完成后面的练习。

郡楼晴望

唐·羊士谔

其一

霁色①朝云尽，亭皋露亦晞②。

褰③开临曲槛，萧瑟换轻衣。

地远秦人望，天晴社燕飞。

无功惭岁晚，唯念故山归。

【注释】

①霁色：雨后晴明的天色。

②晞：干了。

③褰：同搴，拔取、拉开。

223

其二

一雨晴山郭，惊秋碧树风。

兰卮①谁与荐，玉斾②自无悰③。

云景嘶宾雁，岚阴露彩虹。

闲吟懒闭阁，旦夕郡楼中。

【注释】

①兰卮：绘有兰草图案的酒杯。

②玉斾：以玉为饰的旗帜，这里指车驾出游。

③悰：快乐。

（1）下列对这两首诗的理解和赏析，不正确的一项是（　）。

A. 第一首诗中首联交代天气和环境，雨后天晴，云气消散，露水已干。

B. "兰卮谁与荐，玉斾自无悰"一句，作者用设问手法表达了内心的无聊孤独。

C. 两首诗首联都通过写景，回扣照应标题中的"晴"字。

D. 第一首诗情感表达更为直露，而第二首则较为隐晦。

（2）简析作者在郡楼晴望时都流露出了哪些相似的情感。

7. 阅读下面两首诗，完成后面的练习。

巴山道中除夜书怀

唐·崔涂

迢递①三巴路，羁危万里身。

乱山残雪夜，孤独异乡人。

渐与骨肉远，转与僮仆亲。

那堪正漂泊，明日岁华新。

【注释】

①迢递：路途遥远。

秋日犍为道中

唐·崔涂

久客厌歧路，出门吟且悲。

平生未到处，落日独行时。

芳草不长绿，故人无重期。

那堪更南渡，乡国已天涯。

（1）下列对这两首诗的理解和赏析，不正确的一项是（　）。

A. 两首诗起笔略有不同，前诗以路途遥远衬托身世艰危，后诗则直抒胸臆表达漂泊之苦。

B. "乱山残雪夜，孤独异乡人"与司空曙"雨中黄叶树，灯下白头人"有异曲同工之妙，都营造出了凄清伤感的氛围。

C. "渐与骨肉远，转与僮仆亲"一句采用对比手法，描绘出诗人形影相吊、孤身一人的形象。

D. 两首诗都表达出了远行之苦和羁旅之思。

（2）"乱山残雪夜，孤独异乡人"和"芳草不长绿，故人无重期"同为诗中的佳句，从艺术手法和情感指向的角度说说你更喜欢哪一句？

8. 阅读下面一首诗，完成后面的练习。

云间阁留题壁间

宋·张垓

清江一曲抱村流，古柏千茎绕径幽。

天畔峰峦俱秀峙，壁间珠玉烂凝眸。

遥观细菊重岩下，共作携壶九日游。

回首家山白云外，遣兴归思漫悠悠。

（1）下列对这首诗的理解和赏析，不正确的一项是（　　）。

A. 本诗"清江一曲抱村流，古柏千茎绕径幽"和杜甫"清江一曲抱村流，长夏江村事事幽"都写出了江水环绕、环境清悠的特点。

B. 首联和颔联写景采用了由远及近、从上到下的空间顺序。

C. "壁间珠玉烂凝眸"一句是说映入眼帘的山岩间的诗歌经历风雨的侵蚀已经朽烂模糊。

D. 由颈联可见，作者与同僚畅游，把酒赏菊，其乐无穷。

（2）"回首家山白云外，遽兴归思漫悠悠"，意境飘然淡远而情感低沉悠长，试简要赏析。

第三节　民生社稷

9. 阅读下面一首诗，完成后面的练习。

巴　江

唐·郑谷

乱来奔走巴江滨，愁客多于江徼①人。

朝醉暮醉雪开霁，一枝两枝梅探春。

诏书罪己②方哀痛，乡县征兵尚苦辛。

鬓秃又惊逢献岁，眼前浑不见交亲。

【注释】

①徼：边界。

②诏书罪己：历史上封建王朝每遇危难之时，为收买民心，往往以皇帝名义，下诏自责，昭告内外。

（1）下列对这首诗的理解和赏析，不正确的一项是（　　）。

A. 首联交代社会环境和个人身世，奠定情感基调，统领全诗内容。

B. "一枝两枝梅探春"是为了衬托以酒浇愁、愁绪绵长的诗人形象。

C. "乡县征兵尚苦辛"写出了朝廷为了巩固边防而征兵的辛苦。

D. 全诗即事抒怀，融情于事，情感沉稳，含而不露。

（2）诗人因何而愁？请分析其原因。

10. 阅读下面一首诗，完成后面的练习。

次韵酬李通江

宋·冯伯规

和茕①祷雨储精诚，便觉丰年遍远坰②。
缲茧齐头丝卷白，插秧随手稻翻青。
行篘③秫酒酺天禄，益长香芽发地灵④。
守令爱民须表里，君其为纬我为经⑤。

【注释】

①和茕：茕，孤独、忧愁；和茕意为酬和急切盼雨之人李通江。

②坰：离城市很远的郊野。

③行篘（chōu）：行，使用；篘，一种竹制的滤酒器具；

行篘即用竹制器具滤酒。

④益长香芽发地灵：益长，更加要长出；香芽，茶的嫩叶；发地灵，发挥土地的灵气。

⑤君其为纬我为经：为政爱民也要像织布一样，只有经纬相合才能织成布匹。

（1）下列对这首诗的理解和赏析，不正确的一项是（　　）。

A. 首联"丰年"一词总领后文额联、颈联内容。

B. 额联以细节和对比手法描绘出了农村缫丝洁白、稻浪翻飞的丰收景象。

C. 颈联在饮酒而乐中表达了对来年土地丰收的美好期盼。

D. 作者在诗中为读者刻画出了一个勤政爱民、潇洒飘逸的良吏形象。

（2）尾联隐含了作者对李通江想说的哪些话语和想法？请简要分析。

第四节　山水之恋

11. 阅读下面两首诗，完成后面的练习。

南池荷花

唐·羊士谔

蝉噪城沟水，芙蓉忽已繁。

红花迷越艳，芳意过湘沅。

湛露宜清暑，披香正满轩。

朝朝只自赏，秋李亦何言。

南池晨望

唐·羊士谔

起来林上月，潇洒故人情。

铃阁人何事，莲塘晓独行。

衣沾竹露爽，茶对石泉清。

鼓吹前贤薄，群蛙试一鸣。

（1）下列对这两首诗的理解和赏析，不正确的一项是（　）

A. 第一首诗首联交代了荷花生长的环境幽静而普通。

B. 第一首诗颔联运用对比手法写出了荷花红艳迷人、芬芳四溢。

C. 第二首诗中"潇洒"二字堪称诗眼，总领全诗人物形象特点。

D. 两首诗都通过生动细腻的景物描写来表达对南池的喜爱之情。

（2）两首诗均在绘景基础上卒章显志，但情感指向却有所不同，请简要分析。

12. 阅读下面一首诗，完成后面的练习。

次日游西龛再用韵

宋·冯伯规

依阑一览兴无边，好举樽前药玉船^①。

一水云昏失罗带，万松风偃舞钧天。

早评月旦②参群彦③，老上霜须近十年。

邂逅登临都乐事，酣余争恐史君仙。

【注释】

①药玉船：饮茶用的褐色玉制的船形茶杯。

②早评月旦：《后汉书·许劭传》记载，许劭、许靖俱有高名，每月月初，评论乡党人物，定其高下，称为月旦评。此指科举考试。

③参群彦：参加到众多的才德出众的官员中。

（1）下列对这首诗的理解和赏析，不正确的一项是（　　）。

A. 颔联以比喻和拟人手法写出了烟云昏暗和大风吹拂的景象。

B. 颈联借用典故表明诗人曾经意气风发、有志国事。

C. 朋友相聚，登高游乐，在酣畅痛饮中充满了对未来的希望和期待。

D. 诗歌首联以"举樽"入题，尾联以"酣余"收束，结构圆和呼应。

（2）诗人并未欣赏到西垒优美的景色，为何一开篇却以"依阑一览兴无边"统领全诗？请简要分析。

13. 阅读下面一首诗，完成后面的练习。

王蒙夕照①

明·陈纶

万仞高峰插碧空，夕阳反映满山红。

余光遥带蒸霞锦，残影斜连截雨虹。

独鹤归栖松林畔，群鸦投宿竹林中。

勿言景在桑榆上，明旦依然又出东。

【注释】

①王蒙夕照：明代巴州八景之一，写王望山的自然景色。

（1）下列对这首诗的理解和赏析，不正确的一项是（　　）。

A. 首句运用夸张手法，写出了山峰高峻峭拔。

B. 颔联妙用"蒸"和"截"，描绘出霞光的绚丽多姿和水天一色的景象。

C. 颈联从动态着笔，畅想出一幅鹤归松林、鸦投竹林的闲适和谐的美好画面。

D. 全诗写景处处紧扣夕照落笔，内容和诗题遥相呼应。

（2）诗歌结句触景生情，情中含理，你从中读出了什么哲理？对你有何启示？

14. 阅读下面一首诗，完成后面的练习。

书台山①

清·朱正蕃

山径频闻唐代开，章怀曾此建书台。

三巴西蜀埋荒冢，六载东宫著异才。

未见狄张②能补浴③，空传瓜蔓④寄悲哀。

风流千古河山永，仿佛弦歌岭上来。

【注释】

①书台山：在巴州东 15 公里处，即今曾口镇附近，上有太子读书台遗迹。

②狄张：指狄仁杰、张柬之。

③能补浴：补，指女娲补天；浴，指传说中为太阳驾车的神羲和浴日。能补浴，指建大功立大业。

④瓜蔓：指章怀太子作《黄台瓜辞》而获罪。

（1）下列对这首诗的理解和赏析，不正确的一项是（　　）。

A. 首联简要交代书台山的由来，突出历史的悠久。

B. 颔联以今昔对比手法表现太子从前才能卓越、而今空埋荒冢的凄凉结局。

C. 作者认为正是像狄仁杰、张柬之这样的重臣没有及时救助，才导致了章怀太子被贬的悲剧。

D. 尾联在豪迈的笔调中表达了对章怀太子的神往之情。

（2）简要分析本诗蕴含了哪些情感。

第五节　自由独立

15. 阅读下面一首诗，完成后面的练习。

东　龛

唐·羊士谔

为爱东龛欣步游，茂林修竹过云悠。

登高气压三千界，览胜尘空百二州。

落落①浮生徒笑傲②，区区多事此淹留。

月明龙液③贪长饮，幽梦依依尚举瓯。

【注释】

①落落：寡合，跟别人合不来。

②徒笑傲：枉自笑对世态。

③龙液：美酒。

（1）下列对这首诗的理解和赏析，不正确的一项是(　　)。

A. 诗歌首联直抒胸臆，表达对东龛的喜爱之情，并交代

237

喜爱的原因。

B. 颔联运用夸张手法描写了东龛的高峻和视野的开阔。

C. 虽然因性格寡合被别人嘲笑，但小小的东龛却有许多美好的景物使我久久停留。

D. 全诗先写东龛奇异的景色，再抒发个人的登临感怀，景情相生，层次分明。

（2）从诗歌中你读出了一个什么样的诗人形象？

16. 阅读下面一首诗，完成后面的练习。

题南龛光福寺楠木诗①

唐·严武

楚江长流对楚寺②，楠木幽生赤崖背③。

临溪插石盘老根，苔色青苍山雨痕。

高枝闹叶鸟不度，半掩白云朝复暮。

香殿萧条转密阴，花龛滴沥垂青露。

闻道偏多越水头④，烟生雾敛使人愁。

月明忽忆湘川夜，猿叫还思鄂渚秋。

看君幽霭几千丈，寂寞穷山今遇赏。

亦知钟梵报黄昏，犹卧禅床恋奇响。

【注释】

①题南龛光福寺楠木诗：严武为巴州刺史时，南龛有楠木寺，因有古楠木一株而得名。其寺经严武整修后，奏请肃宗赐名光福寺。

②楚江、楚寺：此指巴河和楠木寺。

③赤崖背：今南龛"天开金榜"处，古称赤崖。

④越水头：泛指楠木很多的江淮一带。

（1）下列对这首诗的理解和赏析，不正确的一项是（　　）。

A. 一、二两句交代了楠木阔大幽深的生存环境。

B. 鸟飞不度，白云半掩，五、六句以衬托和夸张的手法表现了楠木的伟岸高峻。

C. "看君幽霭几千丈，寂寞穷山今遇赏"，既是对楠木命运的感慨，也是对自己身世的悲叹。

D. 诗人陶醉于楠木环抱、寂静清幽的环境中，即使钟报黄昏也卧床不起。

（2）"犹卧禅床恋奇响"，读完全诗你认为楠木的"奇"体现在哪些地方？

17. 阅读下面一首诗，完成后面的练习。

题巴州光福寺楠木

唐·史俊

近郭城南山寺深，亭亭奇树出禅林。

结根幽壑不知岁，耸于摩天凡几寻。

翠色晚将岚气^①和，月光时有夜猿吟。

经行^②绿叶望成盖，宴坐黄花长满襟。

此木常闻生豫章，今朝独秀在巴乡。

凌霜不肯让松柏，作宇由来称栋梁。

会待良工时一眄，应归法水作慈航^③。

【注释】

①岚气：山间雾气。

②经行："行经"的倒装，走过这里。

③会待：有朝一日。良工时一眄：被识材的人一眼看见。
法水：佛家语，谓佛法能除烦恼尘垢，如水洗涤污秽一样。慈
航：佛家语，佛菩萨以大慈悲救度众生，脱离苦海，故曰慈
航。句意是古楠会被做成船舟，在法水中普度众生。

（1）下列对这首诗的理解和赏析，不正确的一项是（　　）。

A. 开篇以山寺的幽深引出楠木的生长环境，并以"奇"字总领全诗。

B. 三、四句从时间和空间的维度写出了楠木生长历史的悠久和高大挺拔。

C. 本诗"月光时有夜猿吟"和严武"猿叫还思鄂渚秋"都使用了猿这一相同意象，其作用完全相同。

D. 本诗和严诗大同小异，都运用了比兴手法，以楠木的高大和生长环境抒写自己遭贬之后的胸臆。

（2）本诗和严武《题南龛光福寺楠木诗》在情感基调上有何不同？请简要分析。

第六节　忠勇节义

18. 阅读下面两首诗，完成后面的练习。

题严将军祠

宋·韩驹

先生大节重如山，云让孤高雪让寒。

一曲巴江城下水，年年留照旧衣冠。

题严公祠墓

明·杨瞻

巴州城里封高冢，忠烈千载驰英明。

铁血肝肠甘就死，至今遗像凛如生。

（1）下列对这两首诗的理解和赏析，不正确的一项是（　　）。

A. 韩诗首句即热情奔放地表达了对严武的敬重之情，而杨诗开篇则较为内敛沉稳。

B. "云让孤高雪让寒"运用对比和衬托手法表现了严武忠义坚守的高大形象。

C. 虽然巴河流水永无止息，但严将军留下的衣冠却依然让人们铭记着他的忠勇大义的精神。

D. 两首诗都表现出了严将军性格和精神对后世的深远影响。

（2）两首诗都表达对严将军的歌颂和敬重之情，但对人物形象的塑造方式却有着不同。请简要对比分析。

19. 阅读下面两首诗，完成后面的练习。

谒严公祠

清·韦纶

桓侯血性识将军，智勇相孚迥不群。
只为平生重知己，果然意气并干云。
威名四播巴山壮，庙祀千秋宕水芬。
想得当年施远略，史书深憾有遗文。

谒严将军祠

清·谢承光

深山引虎已无端，忍见中原帝业残。

孱主岂能扶汉室，豫州冀共制曹瞒。

不明大义生何益，但效愚忠死岂难。

毕竟扶刘成鼎足，英雄心事月光寒。

（1）下列对这两首诗的理解和赏析，不正确的一项是（ ）。

A. 韦诗前两联简要交代了严公智勇相孚、意气干云的原因，谢诗前两联交代了严将军当时面临的复杂的时代背景。

B. 韦诗颈联从个人和他人角度写出了严公对后世的重要影响。

C. 谢诗认为严颜引狼入室，最终导致了中原帝业的前功尽弃。

D. 两首诗在结构上都采用了先叙事再抒怀的思路层次。

（2）两首诗在对严颜这一历史人物进行评价时观点相同吗？请联系两诗简要分析。

20. 阅读下面一首诗，完成后面的练习。

谒岳武穆祠

清·冯蔚藻

拔地惊天一伟人，纲常名教系其身。

汤阴犹是宋时土，一抔从不委胡尘。

不为君悲三字狱，但为君惜十年功。

君生大志在平胡，时事奈与忠义殊。

劲骨百折从无悔，南向草木今不枯。

潜心默祷亦何求，英雄相见泪难收。

高宗不是汉光武，此恨茫茫极千古。

（1）下列对这首诗的理解和赏析，不正确的一项是（　　）。

A. 诗歌开篇对岳武穆做出总体评价，但也指出了他自身潜在的悲剧性根源。

B. 诗人认为三字狱不值得悲叹，可惜的是十年抗金功业付之东流。

C. "劲骨百折从无悔，南向草木今不枯"运用比兴手法表现了岳武穆的坚韧精神和深远影响。

D. "英雄相见泪难收"和杜甫"长使英雄泪满襟"中的英雄内涵相同，都包括诗人自身在内。

（2）诗歌结句发出"此恨茫茫极千古"的无尽悲叹，你认为是什么原因促使诗人生发千古之恨？联系全诗简要分析。

附：群文议题诗歌鉴赏答案

第一节　送友怀人

1. 答案

（1）B（乐景写哀，表达孤寂之情）。

（2）承上启下的衔接作用：上承"嘉辰怅已失，残菊谁为惜"的形单影只，正因为孤单独赏，才生发"飘荡云海深，相思桂花白"的思念之情。

2. 答案

（1）B（"扁舟""浮云"描写了漂泊无依、行踪不定的形象）。

（2）主要情感有：①个人功业无成的悲叹；②在外漂泊不定的孤苦；③淡于仕途、急于归隐的向往；④对友人建功立业、大展宏图的祝愿。

3. 答案

（1）B（想象友人在蜀道休息、艰辛跋涉的情境）。

（2）情感表达异同

相同点：两首诗都运用了直抒胸臆的手法表达相思之情。

如杜诗"九日应愁思",严诗"两乡千里梦相思"和"跛马望君非一度"都直接写出了对友人的真挚思念。

不同点：①杜诗以想象虚写手法为主："九日应愁思""何路出巴山""重岩细菊斑""遥知簇鞍马"，全诗句句都是以对写的手法设想严武的心情和活动，以示见忆之深，思念之苦。

②严诗以景物渲染、衬托为主：除直接抒情外，严诗还以"巴山落月""江头赤叶""篱外黄花"和"冷猿秋雁"具有代表性的景物来衬托孤寂清冷的相思氛围。

4. 答案

（1）C（间接表达）。

（2）全诗分为三个部分：①首四句是第一部分，写大雪纷飞之时，尚有艰苦的千里远行，这是怜友之心；②"行行"以下十句，为第二部分，奉命为宰是极其光荣之事，钱别赴任是令人钦羡之举，按期到任是恪尽职守之责，这是慰友之情；③末四句为第三部分，到任之后有风和江清、草木向荣的春日景色，并勉励做出新的成绩，这是励友之志。

5. 答案

（1）A（非眼前所见之景，而是对蜀地景致的想象）。

（2）写景妙处

①拟人手法：一"藏"字写出了树木的茂盛幽深。

②色彩对比鲜明：绿树红花，交相辉映，描写出蜀地树高

林密、山花绽放的美好景象。

（3）"压"好，更有力量感，能从触觉表现花之重；"露"妙，更有层次感，能从视觉表现花之多。

第二节　梦里乡土

6. 答案

（1）B（反问）。

（2）相似情感

①闲适自乐之情：如其一"褰开临曲槛，萧瑟换轻衣"；其二"闲吟懒闭阁，旦夕郡楼中"。

②望远思归之情：其一"地远秦人望，天晴社燕飞""无功惭岁晚，唯念故山归"；其二"兰厄谁与荐，玉旌自无惊""云景嘶宾雁"。

7. 答案

（1）C（"骨肉远"与"僮仆亲"前后构成对比，"骨肉"代指亲人，属借代，本句运用了对比和借代两种修辞手法）。

（2）自选角度，答案开放

①喜欢"乱山残雪夜，孤独异乡人"：运用衬托手法，着重表达孤独漂泊之情。

②喜欢"芳草不长绿，故人无重期"：运用比兴手法，着重表达期待与友人重逢之情。

8. 答案

（1）C（"珠玉"比喻音韵铿锵的诗歌，"烂凝眸"指光明灿烂，映入眼帘）。

（2）"悠悠"一语双关，蕴含深远：悠悠白云浮现眼前，呈现出高远阔大的境界；思归之情如白云一般悠远绵长，挥之不去。

第三节 民生社稷

9. 答案

（1）C（"乡县征兵尚苦辛"意为因为乡县等地方政权征集兵员，老百姓还是一样痛苦。"苦辛"为使动用法）。

（2）愁之原因包括

①社会动乱之愁：因躲避黄巢起义军攻入长安而奔走巴江。②穷兵黩武之愁：肆意征兵，加重百姓负担。③时光流逝之愁："鬓秃又惊逢献岁"，新的一年又即将开始。④独居异乡之愁："眼前浑不见交亲"，客居他乡，全然见不到一个互相交往的熟人。

10. 答案

（1）D（"潇洒飘逸"无中生有）。

（2）愿望和想法有：①做爱民的政事，要上级和下级共同努力。②为政爱民也像织布一样，要经纬相合才能织成布匹，希望彼此携手做勤政爱民的好官。

第四节　山水之恋

11. 答案

（1）B（拟人、对比。"迷"为拟人手法，"过"为对比手法）。

（2）情感不同表现为：《南池荷花》结句以荷花的孤芳自赏不与桃李争春的品格，来比喻自己高洁的品格；《南池晨望》结句借用群蛙典故含蓄表达了对其他州郡官员乐队鼓吹、威仪出行的鄙薄和反感，并为群蛙鸣响而自得其乐。

12. 答案

（1）C（结句流露出了寻仙访道的消极思想）。

（2）"兴无边"的原因有

①虽然烟云昏暗，大风劲吹，难以欣赏美景，虽然现在须发尽白，青春已逝，但一想起早年评论乡党、志得意满的情形，依然历历在目，难以忘却。

②与朋友他乡邂逅，一起登高饮乐，在酣醉中神往于自由自在的神仙世界，岂不尽兴？

13. 答案

（1）C（眼前实写，而非虚景）。

（2）多元启示

"勿言景在桑榆上，明旦依然又出东"理解①：不要认为

251

夕阳日暮就是最美的景色，明天还会呈现出更加壮美的景致。启示我们不要永远满足于现状，要学会不断超越自己。

"勿言景在桑榆上，明旦依然又出东"理解②：不要说美丽的夕照是桑榆晚景，明天它依然会展现出绚丽的身影。事物是周而复始、不断向前发展的，不要留恋或失意于过去，要树立目标，展望未来，明天又是新的一天。

14. 答案

（1）C（"未见狄张能补浴"是指章怀太子未能像狄张那样建功立业）。

（2）主要情感有

①对被埋荒冢的哀叹之情；②对卓越才能的赞美之情；③对未能建立功业的遗憾之情；④对风流千古的敬仰之情。

第五节　自由独立

15. 答案

（1）C（"徒笑傲"是诗人枉自笑对世态，而非被人嘲笑）。

（2）诗人形象

①热爱自然，亲近山水；②性格孤傲，高节自守；③豪放洒脱，及时行乐。

16. 答案

（1）D（独卧禅床是因为迷恋楠木的奇响而非环境的清幽）。

（2）楠木之"奇"表现在

①生存环境的非同寻常：面对楚江，幽生赤崖，插根溪石。

②高大挺拔的身姿外形：高枝闹叶，鸟飞不度，半掩白云，朝暮不改。

③装点环境的外物凭借：楠木把冷清的佛殿遮蔽得更加阴凉，楠叶上晶莹的露珠淅淅沥沥地滴在雕有神像和花草的石龛上，营造出清幽静谧的环境。

④顽强坚韧的生命力量：楠木原生长于遥远多雾的湘川、鄂渚，移植异地依然寂寞穷山，树高千丈，被人欣赏。

17.答案

（1）C（严诗中"猿叫还思鄂渚秋"用猿鸣来衬托悠悠思乡之情，史诗"月光时有夜猿吟"用猿渲染月夜的凄清寂静）。

（2）情感倾向不同表现为

①严诗在"看君幽蔼几千丈，寂寞穷山今遇赏"中表达个人悲愤，以楠木生不遇地来比喻自己生不逢时，情感较为感伤低沉；②史诗则在"凌霜不肯让松柏，作字由来称栋梁。会待良工时一晒，应归法水作慈航"中表达对楠木高洁形象、出众才能的赞美之情，并对楠木未来做成船舟、普度众生的重要作用进行了展望，格调昂扬向上，态度自信乐观。

第六节　忠勇节义

18. 答案

（1）C（"衣冠"指士大夫的穿戴，此处引申为做官的人。结句意为严将军的忠义品质和守节人格一年又一年地烛照千秋，光耀万代，长久地给做官的人留下了一面可资借鉴的镜子）。

（2）人物形象塑造方式区别为

①韩诗选用"山""云""雪""水"孤高傲岸的意象，运用比拟、衬托的艺术手法表现严将军的高尚气节，而杨诗则更多地采用"忠烈千载""铁血肝肠"直接描写的手法表达敬仰和歌颂之情。

②韩诗着重从面上整体评价严将军"大节如山"，而杨诗则从点上细致表现严将军"铁血肝肠"的个性鲜明的人物形象。

19. 答案

（1）C（"深山引虎"是指刘璋迎接刘备入川、抵御张鲁的历史事件，而非严公引狼入室）。

（2）两首诗对人物评价情感不同

①韦诗刻画出了一个智勇双全、重情重义、威名远播、被人敬仰的英雄形象，作者大加赞赏、热情讴歌。

②谢诗认为刘璋引狼入室，缺乏远见，孱弱无能，不能匡扶汉室。在刘备希望联手共同制衡曹操的背景下，严颜据守不降是不明大义的表现，是愚忠的行为，辅助刘备形成鼎足之势才是正确的选择。因此，作者对严颜的愚忠持否定、批判的态度。

20. 答案

（1）B（作者只是说"不为君悲"而非说不值得悲叹）。

（2）"恨"之缘由包括

①为纲常名教、愚忠愚孝所累；②十年抗金功业付诸东流；③虽有平胡大志，但生不逢时；④良将生不逢时，没有遇到像汉光武那样具有雄才大略的君主。

后 记
风从巴山来，水阔诗意行

中国是诗的国度。中国的诗教传统由来已久、蔚为大观。教了 26 年语文，读过不少诗歌，教过不少诗歌，也写过一些古典诗词、现代诗歌或与之相关的教学论文，但真正关注和潜心研究诗歌还要追溯到 10 年前攻读教育硕士时，讲授现代诗歌的老师要求完成一篇关于新诗的课程论文，于是对现代诗歌的教学做了一些粗浅的思考和研究。随着教学的需要和诗情的勃发，平常也读一些诸如《星星诗刊》《诗刊》等刊物上研究诗歌的理论文章和诗歌作品，有时也应他人或单位之需，创作一些诗歌作品。虽然还未臻于"感于哀乐，缘事而发"的自觉状态，但爱诗、读诗、写诗的种子却在心底潜滋暗长。

最近一次与诗歌近距离接触应该是 2017 年，当时我所在党派巴中民进邀请我做一期社会主义核心价值观专题讲座，经过深思熟虑和反复斟酌，我决定以中国古典诗词为素材，挖掘其中蕴含的核心价值。于是，我以《品古典诗词，立核心价值》为讲座题目，对中国古典诗词曲进行了系统梳理和深入挖掘，以"讲仁爱""尚友善""求和谐""重民本""倡爱国""守清廉"为主线展开，对传统经典诗词的主题和内涵做了贴合时代的创新性解读。讲座反响不错，更进一步激发了我研究古典诗歌的兴趣和动力。

去年再次与诗歌结缘，当时申请并立项了一个名为《品读巴中古典诗歌，传承当代核心价值》的巴中市社科联经济社会发展重点课题，课题的研究方向依然是诗歌和社会主义核心价值观的融合共生，研究思路则以诗歌品读为逻辑起点，以诗歌核心价值传承为最终归宿。为什么在众多课题中选择这样一个研究方向呢？一则因为4年前有过类似的研究经历和知识积累，二则因为巴中诗歌的确蕴藏着丰厚的思想价值和文化资源。巴中诗歌不但诗人众多，身份复杂，而且题材广泛，内容丰富，堪称一座展示厚重绵长巴文化的诗歌博物馆。从核心价值传承的角度阐释巴中诗歌，既呼应当前对优秀传统文化弘扬的时代感召，也是树立文化自信、提振老区精神的现实需要。经过一年多矢志不渝的持续研究和论文撰写，课题顺利结题并获得第二届社科优秀成果奖。

本书以古典诗歌和现代诗歌双线交织的结构作为全书编排的体例，力求完整呈现本人在诗歌读写和研究中的收获和成果。古典诗歌主要倾情于巴中本土古典诗歌的核心价值解读和传承，现代诗歌则侧重于以诗歌价值对语文教学的助推、诗歌

257

创写对社会生活的映射来构思和组文。由于时间久远，有些诗中的词句难以考证，再者有些古诗存在着不同的版本，个别字词争议较大，另外作为本土地方古诗，公共权威典籍记录者甚少，因此本书在编选古诗过程中，除参考《巴州名胜诗文集锦》《巴中诗文》两部诗集外，还广泛查阅了《全唐诗》《巴州志校注》"百度百科""古诗文网"等相关资源，以保证作品的权威性和治学的严谨性。

需要特别予以说明的是，有关巴中古典诗歌部分的编写，我力求突出以下特点和意图：既从理论学术层面梳理巴中现存诗歌、挖掘其固有文化价值和思想财富，也从实践操作层面探寻诗歌核心价值传承的合宜策略和实践路径；既从宏观视野整体把握巴中诗歌的悠久历史和核心价值，也从微观角度品鉴经典诗篇和推荐诗歌名句；既关注成人的阅读水平和审美能力，也以诗歌名句的积累和鉴赏练习来吸引广大青年学生；既欲使本书成为研究巴中古典诗歌、推荐巴中古典诗歌的微型学术成果，也期盼拙作能成为一本全民阅读尤其是青少年能读的普及性文化读物。

有关现代诗歌部分的编写力求突出以下特点和意图：既从宏观层面对当前教学新诗的问题进行理性透视并探究应对策略，也从实践价值层面探讨现代诗歌对语言的建构与运用、思维的发展与提升、审美的鉴赏与创造、文化的传承与理解四大学科核心素养的润育。

鉴于时间的仓促和水平的局限，以上编写初衷能否达成，预期愿望能否实现，还需要时间的检验和公众的评判。但不管结果如何，评价怎样，"尽吾志也，而不能至者，可以无悔矣，其孰能讥之乎"？

伟大的时代需要诗歌的吟唱，优秀的文化需要诗歌的润泽，奋进的巴中需要诗歌的激扬，青葱的岁月需要诗歌的陪伴。在弘扬优秀传统文化，助力文化强国建设的征程中，在"诗意山水，红色巴中"的发展理念驱动下，在"培根铸魂，启智润心""实施四质工程，培育时代新人"的教育远景目标下，但愿小书的出炉能为文化软实力的提升和诗歌核心价值的传承，能为打造城市文化名片、助推巴中文旅融合，加快发展融入成渝双城经济圈，能为青年学子青睐巴中诗歌、钟情本土文化，做出积极有益的探索和力所能及的贡献。

青灯无悔，风雅生香；歌以咏志，幸甚至哉！

2022 年冬至日于龙湖

后记　风从巴山来，水阔诗意行